丛林寻蟒

［英］安东尼·麦高恩 著
雷小雨 译 ［英］尼尔森·埃弗格林 绘

北京出版集团
北京少年儿童出版社

著作权合同登记号
图字：01-2023-1273

Text and illustration copyright © Willard Price Literary Management Ltd 2014
The right of Nelson Evergreen to be identified as the illustrator of this work has been asserted in accordance with Section 77 and 78 of the Copyright, Designs and Patents Act 1988
This edition arranged with Willard Price Literary Management Ltd through BIG APPLE AGENCY, LABUAN, MALAYSIA.
Simplified Chinese edition copyright：2023 Beijing Juvenile & Children's Publishing House Co., Ltd.
The moral rights of the author Anthony McGowan have been asserted.
Illustrated by Nelson Evergreen
Willard Price and the Willard Price Logo are trade marks of Willard Price Literary Management Ltd, used under license by Beijing Juvenile & Children's Publishing House Co., Ltd.
Hal and Roger is a trade mark of Willard Price Literary Management Ltd, used under license by Beijing Juvenile & Children's Publishing House Co., Ltd.
All rights reserved.

图书在版编目（CIP）数据

哈尔罗杰历险记续. 丛林寻蟒／（英）安东尼·麦高恩著；雷小雨译；（英）尼尔森·埃弗格林绘. — 北京：北京少年儿童出版社，2024.1
书名原文：Willard Price：Python Adventure
ISBN 978-7-5301-6531-7

Ⅰ. ①哈… Ⅱ. ①安… ②雷… ③尼… Ⅲ. ①儿童小说—长篇小说—英国—现代 Ⅳ. ①I561.84

中国版本图书馆 CIP 数据核字（2022）第239020号

哈尔罗杰历险记续　丛林寻蟒
HA'ER LUOJIE LIXIAN JI XU　CONGLIN XUN MANG
［英］安东尼·麦高恩　著
雷小雨　译　　［英］尼尔森·埃弗格林　绘

*
北　京　出　版　集　团
北京少年儿童出版社 出版
（北京北三环中路6号）
邮政编码：100120
网　　址：www.bph.com.cn
北京少年儿童出版社发行
新　华　书　店　经　销
北京市科星印刷有限责任公司印刷
*
880毫米×1230毫米　32开本　5.625印张　160千字
2024年1月第1版　2024年1月第1次印刷
ISBN 978-7-5301-6531-7
定价：28.00元
如有印装质量问题，由本社负责调换
质量监督电话：010-58572171

目录 CONTENTS

第一部分 巨蟒

序章   3

1 聚会   8

2 亚马逊的苦差事   13

3 小憩   17

4 亨特家热爱的事业   20

5 王公的豪华宫殿   22

6 驶过丛林   27

7 焦炭中的新发现   30

8 众人追寻的蛇   32

9 印度的宴会   37

10 草地里的巨蟒	44
11 埋伏	45
12 大难临头！	50

第二部分　追捕

13 亚马逊的旅程	59
14 弗雷泽的旅途	66
15 魔爪下的团聚	71
16 被缚的钟	77
17 巨人的战斗	79
18 深夜来访者	82
19 逃往寺庙	87
20 黑白相间	90

21 受挫的卡格斯	92
22 光和热	95
23 避难所	97
24 午夜点心	101
25 未雨绸缪	102
26 废墟中的早餐	105
27 猫科动物之怒	109
28 孤独的幼崽	114
29 另一具尸体	119
30 在河岸边	122
31 河中悲剧	126
32 出人意料的拯救者	130
33 一口吞掉	132
34 河边竞速	134

35 困惑的卡格斯	137
36 跟踪	139
37 从天而降的帮助	142
38 避难所	146
39 实验室	150
40 毛茸茸的真相	155
41 包围	158
42 守株待兔的猎人们	161
43 重装旅的冲锋	163
44 重聚	167
45 尾声	172

第一部分 巨蟒

序章

  这个老人暗下决心,一定不能再把羊弄丢了。他坐在一棵老猴面包树上,这棵树树干很粗,六个孩子展开双臂才能围住。他舒服地靠在粗大的树干上,腿上放着村里的土武器——一把年纪比他还大的破霰弹猎枪。

  那把枪的样式十分独特,在几米之内它还是能致命的。超出射程的话,射出的霰弹就失去了准星,飞得到处都是,几乎能把一张乒乓球台盖住,但对人和野兽造不成什么实际伤害。然而枪的发射响声巨大,能将丛林之外遥远山脉上盘踞的野兽震醒。老人就指望这声巨响吓退偷羊贼。

  他坐在树上等着。身下的木桩上拴了一头母山羊,长着一双漂亮的眼睛,但脾气很坏。它啃了会儿干草,为丢失的同伴们哀叫了几声。夜色笼罩,它在树下,老人坐在它头顶的树干上。它心满意足地趴下睡了。

  对于偷羊贼是谁,每个村民都有自己的看法。豹子是人们首先怀疑的对象,还有人一拍脑门儿,说是从布克萨自然保护区[①]跑出来的老虎干的。但就算是再谨慎的老虎或豹子都会留下爪印,然而村里却并无踪迹可寻。

---

① 布克萨自然保护区:位于印度西孟加拉邦。

还有人猜测偷羊贼是一种印度的凶猛野犬——豺。豺自然是勇猛无畏的捕食者，但在印度的这片区域很少见，更何况，偷窃不是豺的作风，它们每一次狩猎都从不遮掩，只会不知疲倦地对猎物穷追猛打，还要发出凄厉可怕的尖叫声与同伴交流。

不会是豺。如果是的话，整个村子的人，甚至方圆几千米内的森林野物都会被惊动的。

确定了不是豺偷的，老人倒很高兴。豺个头不大——和狗差不多——所以它们的猎物会死得缓慢而痛苦。他不愿再回忆曾经有一次眼睁睁看着一头鹿被豺活生生吃掉的经历了。

老人也有自己的猜想。最近的村子离这儿只有几百米远，大家都知道，那里的村民爱偷奸耍滑，让人信不过。只有一件事完全不必怀疑：他们雷打不动地坚持在两个村之间的年度板球比赛上作弊。老人至今还清晰地记得四十年前，自己是怎样被裁判岳父运作出局的。

所以，绝对是邻村那帮小流氓偷了羊。老人无意用枪射他们，但吓唬吓唬还是可以的。如果真是豹子干的，那也一定是因为它上了岁数，或被伤病折磨，走投无路才来打家畜的主意。那样的话，老人也可以把它吓退。

想着豹子、邻村小流氓，还有那多年前的存心误判——不然他绝对能成为村里经久不衰的传说——老人在树上睡着了。

老人舒服地靠着粗壮的树干打盹儿，完全没感觉到树下的灌木丛中浮出了一个巨大的身影——看起来和壮汉的腰一样粗，但身体远远比人类长。那身影静静地在地上移动。它没有猎物害怕被天敌捕杀的小心警惕，完全是一副捕食者的谨慎与沉着。

这是一条大蟒蛇，它缓慢且不着痕迹地靠近大树。一对竖着的蛇瞳紧紧盯着山羊。忽然，它吞吐着的芯子探测到树上有什么有意思的东西，于是开始向上爬。它长长的身体轻而易举地缠绕在树干上，静静地穿过层层树叶，爬到了十米高处，也就是老人睡觉的枝杈附近。

这时，大蟒蛇停了下来。

它之前吃过人，不过那是很久之前的事了。虽然它的下巴能张得很大，但人的肩膀还是很难吞进去。树下的那只山羊则是更好的猎物，它瘦瘦小小，吞下去不会伤到喉咙。蟒蛇俯下身子——没直接滑下树干，而是将巨大的蛇身吊在树枝上。

就在这时，一个叫阿纳德·纳拉扬的年轻人来到了这片林中空地，正好瞧见大蟒蛇。他是被妈妈派来找爷爷回家吃晚饭的。他愣了好几秒，才弄明白眼前发生的事。千钧一发间，他做出了大多数年轻人的选择——掏出手机。这个村子的村民家里连自来水都没有，只有村口小卖部有个可怜的水龙头，然而这儿的手机信号却很好。阿纳德将手机镜头对准大蟒蛇，摁下录制键。视频成功开始录制时，他才想起来尖叫。这声尖叫立即造成了两个影响。

首先，树下啃干草的山羊吓了一跳，开始奋力挣扎，试图挣脱木桩的束缚。它没看见头顶吊着的蟒蛇，但能闻到蛇的味道。它恐惧极了。年轻人的尖叫声并没有惊动蟒蛇，蛇类虽然不是聋子，但听力不佳，只能感知到低频的振动——阿纳德那声歇斯底里的叫声音调太高了。

第二个影响就是老人被惊醒，从树上摔了下来。

他哀号着,在坠落的一刹那伸出了手一通乱挥。当然,空中除了大蟒蛇那粗壮的、满是鳞片的身体外,什么也没有。老人想也没想就抓住了蛇身,丝毫没意识到自己握住的是什么。

蟒蛇被他抓了一小会儿,很快也支撑不住,和老人一起跌落在那头受惊的山羊旁边。它拖着巨大的身躯,十分迅捷地消失在了森林里。老人和山羊都幸免于难了。

阿纳德赶紧跑过去搀扶刚刚脱险的爷爷。然而这个小伙子的思绪早已飞到了别处,他知道,刚刚自己拍摄的视频一定能登上"油管"①热门。

---

① "油管":国外知名视频网站 YouTube 的俗称。

1
聚会

亚马逊·亨特感觉无聊透顶又心烦意乱。即使没思考什么要紧事,她也不适应和百万富翁闲聊,或是和印度的达官贵人们推杯换盏。

前阵子,她阴差阳错加入了"追踪组织",也就是"跨地区动物保护和知识协会"。为追踪组织筹集善款自然是件大好事,然而比起筹款,还有一件事儿对她来说更重要。

一周前,她刚从加拿大西部的山区回来。她在那儿发现了父母罗杰·亨特和凌梅搭乘的轻型飞机残骸。残骸里还有一本她父亲的日记,证明罗杰还活着,而且他还掌握了能威胁追踪组织命脉的秘密。

日记被烧得很严重,大部分字迹已经模糊不清了。亚马逊的伯伯哈尔将日记拿去,让追踪组织的首席外科兽医德雷克斯勒博士仔细辨认。德雷克斯勒扫描了日记的每一页,尽可能地还原了图像,并且给亚马逊复制了一份。亚马逊将文件存到她的平板电脑上,没事儿就研究日记内容。

而现在,她被困在印度著名金融家潘杜·辛格豪华公寓的屋顶露台上,和她一起的还有其他追踪组织成员,以及各路有头有脸的精英人士。公寓坐落在孟买最高的摩天大厦上,在这里能俯瞰整个城市。四散的灯光如同坠落的繁星,与夜空互相映衬。

即便此时亚马逊感到格格不入，但她得承认，这里的夜景美不胜收。连西边的海域上都有星点光亮，那是捕鱼船上的灯火。海湾还有富豪们的游艇投射下的炫目光束。亚马逊如今面对的正是那群富豪。她将使尽浑身解数说服他们为追踪组织捐钱。

这事儿听起来挺有意义的，毕竟与此同时，那本烧焦的日记正在追踪组织专家的手中修复。然而亚马逊只想与父母重逢，眼前的应酬对她来说简直是折磨。

亚马逊叹了口气，一边喝了一口她的"鸡尾酒"（其实是多种珍奇水果榨的汁），一边微笑着听一个孟买的企业家吹嘘自己的新工厂的产品——雨伞、洗衣机和电钢琴，它们会被销往东南亚。

在人群中，她发现了光头德雷克斯勒博士。他穿得十分正式，僵硬得像裁缝店里的假模特。亚马逊有些不快，他怎么没去忙日记的事儿？真是太过分了。

她也很快注意到了德雷克斯勒博士身边的助理米兰达·科弗代尔，她穿着一条黑色的宴会裙，漂亮极了。一群孟买的实业家围在她身边。而亚马逊知道，米兰达在对着试管和本生灯时更自在些。她对科学的奉献精神和德雷克斯勒博士不相上下。

伯伯哈尔则有条不紊地应酬着，面带微笑地与人们握手。多年来他早已习惯了做这些事儿，也很擅长做这一套，而在亚马逊眼里，这就好像让一只老虎去耕地那么奇怪。

更奇怪的是，追踪组织的一位成员居然在这如鱼得水，潇洒自如——正是布鲁伊，年轻的澳大利亚动物学家。几个月前亚马逊就和他成了好朋友。他穿短裤短袖和人字拖肯定要比现在西装革履的样子自在得多，不过他找到了一群板球的狂热爱好者，和他们像所有体育迷那样开着玩笑，一副志同道合的样子。亚马逊想着，一定是他们多喝了几杯啤酒才显得如此亲密无间。

她四下里寻找着自己的堂哥弗雷泽。估计他也正无所事事，她想着，不自觉地笑了笑。

"不知道你怎么样，反正我要是再吃几个咖喱饺，再和富翁们假笑一会儿，就该疯了。我们开溜吧？"弗雷泽的声音突然在耳边响起，亚马逊吓得差点儿蹦起来。

她转过身，弗雷泽正站在她身后。和她差不多，弗雷泽也为了这场酒会穿得十分正式。他用发胶将头发固定了一下，不过现在看来这发型马上就维持不住，跟他本人一样快崩溃了。

亚马逊一脸感激地点点头，"那我们去看看其他孩子在干什么。"

公寓的后方是游戏室，里面有各式各样的高科技，似乎人类所有的奇巧设计都集中在这里了：游戏控制台、电子设备……凡所应有，无所不有。除此之外，这里还配备了白色的皮质安乐椅和复古的懒人沙发。什么都不做，躺在上面消磨时间也是好的。

这里是潘杜的儿女拉克西米和阿朱那常来的地方，他俩也十几岁，和亚马逊与弗雷泽年龄相仿。此刻，二人正坐在一个懒人沙发上，看阿朱那手机上的视频。

"朋友们，快来看看这个。"拉克西米喊道。

"这是什么？"弗雷泽问道，"如果又让我看什么只会摆臭脸的猫，或者会滑雪的鸭子，我宁愿回屋顶去和那些老家伙聊股票和期货，然后再一头跳到海里算了。"

"不是了，不是了，"阿朱那笑道，"这回可正中你下怀。有人在西孟加拉邦①拍了一段蟒蛇的视频,我从没见过那么大的蛇!现在已经是油管热门了,快看呀!"

他把手机伸到亚马逊和弗雷泽面前。正是那个村里的年轻人拍的。视频光线很差,画面也粗糙,但即便如此,他们也能看得出那个从树上垂下来的身影绝对是蟒蛇无疑。紧接着发生的事就十分滑稽了:老人从树上跌下,因为拽住了蛇身,毫发无损地落在地上。

亚马逊惊讶地张大了嘴巴,"是假的吧?哪有这么大的蛇?"

"不,这绝对是真的。你看它移动的样子就知道了。"拉克西米说。

"我也觉得是真的,"弗雷泽说,"你们刚说这是在哪儿拍的?"

"西孟加拉邦的丛林里,"阿朱那答道,"看到了吗,视频有定位。"

亚马逊震慑于蟒蛇的巨大体形,还没回过神来,"什么蛇能长那么长?某种巨蟒?"

弗雷泽点点头,"没错,那一带确实有缅甸巨蟒出没,不过它们最多四米长。这一条实在太大了,估计至少十米。世界上只有两种蛇能长这么长:一种是水蟒,不过它们主要生活在南美洲;还有一种就是——"

"网纹蟒。"亚马逊插话道,"我想起我爸爸之前带我去伦敦动物园时见过一条,可那条只有三米长。视频上这条可能真是世界上最长的蛇了。"

---

① 西孟加拉邦:位于印度东部,是印度联邦的一个行政邦。

阿朱那说:"估计这个'世界第一'也当不了多久,村民们为了保护家畜会杀了它的。"

弗雷泽点头,"别说动物了,网纹蟒吃人都不在话下。大多数蟒蛇生性胆小,一般不会和人类挑衅,而网纹蟒却以好战闻名。还有,这段视频已经传遍全世界了吧?"

"是啊,"拉克西米说,"网络上已经传得漫天飞了。"

"这样的话,专业野生动物收藏家们都会到那个小村子去,当然,还有业余的收藏者和黑心商人。那么大的蟒蛇肯定值不少钱,不论生死。即便他们是为了救它,捕捉巨蟒也是十分艰巨的任务。外行来做肯定会让它受重伤的。"

"太可怕了!"亚马逊叫道,"我们必须先找到它,把它带到安全的地方!"

"没错!"弗雷泽说,"这就是追踪组织的工作。我们要救那条蟒蛇——"

"我就知道你们藏在这儿,"一个声音从他们背后响起。他们转过身,看到了弗雷泽的父亲——哈尔。"我知道这个聚会并不太有意思,不过,如果没有资金支撑,追踪组织就垮了。等等,你们刚刚说什么蟒蛇?"

弗雷泽把手机递给父亲。

"爸,这下我们可有正事做了。"

2
亚马逊的苦差事

亚马逊的苦日子才正式开始。她并没有像昨天说的那样,到丛林里去争分夺秒寻找世界上最长的巨蟒,以免偷猎者以及想杀它的村民们先找到它。现在她仍旧吹着空调,乘着豪华轿车准备前往喧闹的斋浦尔①,继续参加无尽的聚会,挂上假笑敷衍更多的人,这样一来,追踪组织大概就能筹集到更多资金了。

她对冒险本身没有太大热情,只是想通过找蟒蛇转移注意力,缓解一下焦虑的心情。她每时每刻都在担心着父母的下落,已经心力交瘁了。

她和德雷克斯勒博士一起来到印度北部的拉贾斯坦邦。这是个炎热干燥的地方,景色实在让人喜欢不起来。德雷克斯勒博士面色发灰,几绺头发围绕着光脑袋,看上去也像一片不毛之地。在这难以忍受的高温下,他干巴巴的脸也不怎么讨人喜欢。他鼻梁上架了一副新月形的眼镜,正在读科学报告。

亚马逊辨认着封面上的标题:关于1956年—2007年印度洋pH值变化②的研究。

真"有意思"啊。

---

① 斋浦尔:印度拉贾斯坦邦首府,是印度北部的一座古城。
② pH值变化:海水pH值是海水酸碱度的一种标志。天然海水的pH值经常稳定在7.9~8.4之间,呈弱碱性状态。

在哈尔、弗雷泽、布鲁伊和米兰达搭上孟买某富豪的行政专机出发前,亚马逊想尽了一切办法让他们带上自己,可是被哈尔拒绝了。他的理由一向是无懈可击的。

"我也不想这样,亚马逊,"他说,"但只有弗雷泽、布鲁伊和我有捕捉巨蟒的经验。米兰达也得去,我们捉住蟒蛇之后她得帮忙麻醉。如果时间充裕,我当然会带着你,但现在时间很紧张。据我所知,已经有捕蛇者动身了。而且,斋浦尔的那些捐款人见不到我会十分失望,所以至少得派一个亨特家的人去见他们才不算失礼。就这样。"

有一点他没说,那就是筹款的原因之一,是为了寻找亚马逊的父母。

"总之,最多三天我们就回来,"哈尔继续道,"然后你就能放松放松,不必去辛苦筹款了。可以去吉尔森林看看亚洲狮,追踪组织正要将它们重新引进印度的其他自然保护区。还有,"他顿了顿,将手放在亚马逊肩上,声音柔和了些,"我没和你说过——到那时德雷克斯勒博士说不定就能从那本烧焦的日记中找出一些罗杰留下的线索了。我们现在知道有人找到了罗杰和凌梅,用直升机将他们从废墟中带走了。罗杰知道有人想追杀他,我们现在只差一个线索了。距离找到他们仅有一步之遥。是吧,博士?"

"没错,"德雷克斯勒说,"我这里确实有些进展。我从一个中情局的,呃,熟人那里借来了一部图像分析机,即便纸张碳化,也就是焦了,它也能检测到上面墨水的化学成分。这项工作很费心血,如果操之过急,会损坏纸张……总之,我年纪大了,不适合再去和蟒蛇斗智斗勇。你们这几个冒险家去就够了,而且我也想借此机会多了解了解小亚马逊。"

德雷克斯勒博士正仔细研究着他的报告，亚马逊则在一旁阅读她父亲留下的日记扫描件。

哈尔从飞机遗骸的废墟中找到了这本日记时，亚马逊别提有多激动了。她确信，日记里有一切问题的答案。比如关于追踪组织的某些黑暗秘密，赤裸的真相或者丑闻。这些都是罗杰想要告诉哈尔的。这只是一个大阴谋的冰山一角，很可能事关全球动物的安危。更重要的是，亚马逊认为日记里还写了劫持她父母的真凶，这样一来就能追查到他们的下落了。只要一确认，追踪组织就能立刻去营救他们。

一开始，日记似乎真有他们想要的答案。开篇就提到了一个她从来没听过的地方——卡尔梅克共和国——一个遥远的俄联邦政权。看样子是她父母在那里保护一种叫高鼻羚羊的动物。这种羚羊曾经有数百万只，草原上随处可见，而如今由于人们肆意猎杀，以及栖息地被严重破坏，已经锐减到了几千只。

然而，在记录高鼻羚羊习性的字里行间，还穿插着几句"与谢尔盖·X见面""在'追踪'谈话"。"追踪"一定就是追踪组织了，还有一句"谢尔盖认为卡的心腹正在追击他"。

至于这个"卡"字，亚马逊之前听伯伯哈尔提过。就是墨林·卡格斯，哈尔和罗杰的老对手，他们的故事可以追溯到两兄弟还是少年的时候。卡格斯是个手段下作的骗子、小偷、杀人犯。他不止一次想谋害两兄弟，但每次都棋差一着。他多年前就销声匿迹了，不过好像趁着苏联解体的乱局发了一笔财，颇有自立为王的架势——现在已经是亿万富翁了。他在俄罗斯权势滔天，富可敌国。

接下来的几页还是关于高鼻羚羊的,然后就是这一篇:

毫无疑问,高鼻羚羊不是当地的猎人捕杀的。羊群在减少,但我们并未发现射击留下的痕迹,没有尸体,也没有血迹。凌梅认为可能是偷猎者取羚羊角来做中药,因为有人之前用它来代替犀牛角。如果真是这样,那么我们应该能找到失去角的羚羊尸体——反正羊其他的部位也没有用。所以,唯一可能就是,有人活捉了它们,运到了……

令人泄气的是,到这里,字迹已经无法辨认了。纸被烧得焦黑,最下面已经残缺了。

有几部分提到了她,虽然很短,但让她觉得十分甜蜜与感动。

我们很想念小亚马逊,凌梅昨晚辗转反侧,说以后决不能把女儿丢下了。我们要么寒暑假出行,要么就把她从学校接出来带在身边,请个家教或者自己教她。我们实在无法忍受女儿不在的日子了!孩子没有爸爸妈妈陪着也一定很难过。

很神奇,有关私人情感的句子还能辨认得出,比如提到她的段落以及罗杰对于兄弟分道扬镳的悲伤之情。就好像有天使保护着那几页充满真情实感的纸一样。不过,那些记录了关键信息的部分——比如谁背叛了追踪组织,背叛的理由以及动物们被运到哪个地方等信息,就完全被烧毁了。

3
小憩

小轿车还在乡下行驶着，周围的景色就像罗杰被烧坏的日记一般，沉闷而黯淡。低电量提示跳了许多次，亚马逊的平板终于因为没电自动关机了。

"我想休息一下。"德雷克斯勒博士打破了沉默。

他敲敲后排与驾驶位之间隔着的窗户，指了指路边的一家咖啡馆。车子停了，亚马逊打开车门，一股热浪袭来，好像有什么东西猛地撞了她一下似的。这样一来，这辆有空调的车好像是个最舒服的所在了。

"我就在车里待着吧。"她对德雷克斯勒说。

"随你的意。"他不赞成地撇了撇嘴，一头钻进了那家破旧且生意惨淡的咖啡馆。

德雷克斯勒博士不在的时候，她感觉自在些。可她现在也是无聊透顶，虽然乡下的风光很单调，但车行驶时，窗外的样子终归是缓缓变化着的，如今她都不知道该把目光落在何处。她的笔记本电脑和书都锁在了后备厢，不过，她真正想读的只有爸爸的日记。

这时她看见德雷克斯勒博士的笔记本电脑在车座下面，露出了一个角。她知道里面会有爸爸日记的PDF。她觉得看别人的电脑有点儿羞愧，不过显然也没太羞愧，否则她就不会打开它了。

开机需要密码，她知道追踪组织所有的电脑密码都是SEMITA（也就是追踪组织的拉丁语），后面加上该用户的姓名首字母。她冥思苦想，德雷克斯勒博士到底姓什么？

大卫？应该是差不多无聊的名字吧。对，是约翰。她输入SEMITAJD，果然成功了。她搜索"罗杰·亨特的日记"，很快找到了文件夹，并双击打开PDF文档，用阅读器读了起来。笔记本电脑的屏幕大，辨认起父亲那细长的字迹来更容易些。文档的清晰度也远比在她平板电脑上看起来高，在烧焦的地方，她还认出了几个字来。虽然意义不大，没头没尾，但她又燃起了些希望。

偷看了德雷克斯勒博士的电脑，她感到一阵良心不安。不对，良心这个词不大合适。亚马逊并不认为这件事在道德上有什么问题，但她还是不想让他知道自己看了他的电脑。这位追踪组织的科学家很注重隐私，他肯定不高兴别人偷窥自己的个人物品，不论好意还是恶意。不过，她知道怎么解决。

她捞起脚边的背包，掏出一个U盘。U盘里面存了很多部电影，不过还有储存空间，足够放一个小文件了。她将PDF文件复制上去，意外的是，U盘竟显示空间不足。她不满地删掉了一部电影，成功复制了文件。她将U盘拔下来放进口袋，关上电脑，将它放回座位底下。

一两分钟后，德雷克斯勒博士回来了。

"太不可思议了，"坐回凉风习习的车里，他才感觉舒服点儿了，"这个国家的厕所真可怕！我刚还给了两个人一人一百卢比，你应该不难想到他们拿这钱做什么……不管怎么说，等我们到了斋浦尔王公①的住所就会好起来的。"

"那儿什么样?"亚马逊问道,一边也松了口气,看来德雷克斯勒博士没注意到他的电脑有什么不妥。

"噢,那儿绝对称得上是宫殿了,应该是拉贾斯坦邦最大的建筑。你也知道,他在南边还有一处巨大的地产,并在那儿建了私人的野生动物保护区。追踪组织近几年一直往那儿输送动物,让它们'休养生息',嗯,这个词差不多。"

"是那个拥有亚洲狮的人吗?哈尔伯伯和我提过。"

"对,没错。在这世上,狮子和老虎能生活在同一片野外的,也就只有他的保护区了。当然,它们也有各自钟爱的栖息地。保护区还有猎豹、豺——就是印度的野生犬类,也是独自作战的凶残捕食者。保护区的河里还有沼泽鳄,也是印度最大的……"

"听起来真是个好地方,我想去看看。"

"总有机会的。"

---

① 斋浦尔王公:这里的王公指的是原印度的土邦主的后裔。他继承了土邦主的财产和土地。

4
亨特家热爱的事业

弗雷泽从没经历过这样的旅程,他每分每秒都沉浸其中,比如在孟买国际机场的私人跑道疾驰,坐在行政专机的真皮座椅上品尝冰茶,听爸爸讲他和罗杰在弗雷泽这么大时的冒险故事,等等。

哈尔自己也舒心了许多,终于能摆脱筹款的冗杂事务,重新投身到惊险刺激的动物保护工作中去了。不过,他们俩都担心着同一件事。

"希望亚马逊不会太无聊。"弗雷泽说。

哈尔叹了口气说:"我也这么想。德雷克斯勒人很好,也是个杰出的科学家,但性格索然无味,估计和小姑娘也没什么话说。可惜,我们没法让米兰达也去陪她。"

弗雷泽做了个鬼脸,他觉得米兰达和德雷克斯勒博士一样刻板无聊。然而他马上意识到爸爸的话一语双关,忍不住笑了。

"我不聋,也不瞎。"米兰达冷冰冰的声音从他们身后传来,"你们的表情全映在玻璃上了。"

哈尔和弗雷泽对视一眼,像两个淘气的小男孩儿一样同时做了个鬼脸。弗雷泽好久没见过爸爸如此放松了。

"爸爸,你喜欢这样,是不是?"弗雷泽问道。

"坐私人飞机吗?"

"我是说我们去救这条大蟒蛇,到丛林里,到沙漠里……这一切拯救动物的工作。"

"孩子,你还挺了解我。"

"那当然啦。"弗雷泽道。

"是的,你说得没错。我热爱保护动物的工作。"

他们望着对方,弗雷泽不必再多说,他也同样热爱这项事业。

5
王公的豪华宫殿

德雷克斯勒博士说目的地像个宫殿,可绝不是夸口。亚马逊知道他们要去那儿参加宴会,但她以为他们会先到酒店休息一下。然而那宫殿就直接出现在她的视野中,离他们越来越近了。原来这儿压根就没有什么酒店,只有这座宫殿。

"是啊,孩子,"德雷克斯勒仿佛看穿了她的心思一般,"我们在斋浦尔的这段时间都住这儿。这一次你不必像之前在孟买和德里那样,变着法儿地去和那些商人、金融家和政客筹款。这位王公是追踪组织的一位老朋友,更是我的老朋友了。"

亚马逊有点儿惊讶:"好吧,那我来这里做什么?"

"你来,是对他的奖励。"

亚马逊不喜欢这个说法。

"听起来我就像一支冰激凌,用来奖励表现好的小孩子。"

德雷克斯勒愣了片刻,随即发出一阵低沉的笑声。

"不不,孩子,只不过王公他在英国读过书,因此很喜欢一切和英国有关的人和物。估计他只想和你聊聊英国郊外的风光、绿草地和风信子之类的。"

亚马逊再一抬头时,却只能看见拱顶的金光。宫殿已经被一堵高高的外墙挡住,看不清全貌了。

他们乘坐的小汽车驶过一扇巨大的门,铁吊闸门似乎才能与之相配。门的两边立着两匹纯白色的高头大马，鬃毛和尾巴迎风舒展。每匹马上还骑了一名身材挺拔、长相英俊的骑手。他们头上包着饰有羽毛的头巾，脸上留着小胡子。那胡子形状奇异，像是追踪组织感兴趣的某种动物。这两位骑手举起马刀，向他们示意。

"这刀是真的吗？"亚马逊吃惊地问。

"那当然，他们是警卫，可不是单纯用来装点门面的。像王公这样重要的人物一般都树敌颇多。"

穿过大门，宫殿又映入眼帘。在远处欣赏它时，只觉得它柔和、梦幻，走近了之后，这种柔和则荡然无存，取而代之的是庄严肃穆。宫殿结构之复杂更是令人叹为观止，中间是一个像圣保罗大教堂一般的拱顶，四角还配有细高的钟楼。钟楼顶设计成洋葱形状。白色的大理石墙熠熠生辉，闪得亚马逊睁不开眼。

不过比起金光闪闪的拱顶，大理石也黯然失色了。

"那拱顶真的是……"

"金子吗？不不，只是铜镀的罢了，不过还是很壮观吧？听说在飞机上也能看到它，就像一池熔化的金子一样；也像初升的太阳，照耀着拉贾斯坦邦。"

亚马逊从没见过德雷克斯勒博士这么健谈，她甚至觉得有些不安了。

"你以前来过这里吗？"她问道。

"是啊，来过很多次了。其实王公是我的教父，他和我父亲是同学，也帮过我很多忙，我的学费都是他交的。毫不夸张地说，我能取得今日的成就全都归功于他。"

车子在碎石路上嘎吱嘎吱地开着，终于抵达了宫殿门口。接待委员会正等着他们。仆人们身着整齐划一的制服，像是等着演出似的，旁边还站着一群音乐家。好生奇怪！亚马逊从没见过这样的乐队：每个人手中都拿着印度传统乐器，有拿西塔尔琴、庞吉琴、普鲁琴的，还有拿着风笛、长号、军号和鼓的。

　　车一停下，乐队就开始演奏了。但在亚马逊听来，每个人都自己奏自己的，发出一阵噪音。她想，或许这就是印度音乐，是她少见多怪了。但乐队成员们突然争吵起来，又很快达成了一致意见。他们重新摆好架势，开始演奏英国国歌《天佑女王》[①]。

　　"笑一笑吧，"德雷克斯勒说，"这可是你的荣幸。"

　　当然要笑，亚马逊甚至觉得憋笑都难。

　　此时又来了一位上了年纪的女士，苍老得好像整个人是用干土捏成似的。她用手指蘸了蘸红颜料，在亚马逊和德雷克斯勒眉间分别点了个红点。紧接着，一个和她差不多苍老的男人往颜料罐子里撒了一撮碎米。

　　"给你点的眉心红点，"德雷克斯勒解释道，"是一种古老的祝福，保佑你远离妖魔鬼怪。"

　　然后，一位身材高大的人向他们走来。

　　"这就是王公吗？"亚马逊尽量不张嘴，小声问德雷克斯勒。

　　"不，当然不是。"德雷克斯勒道。

　　"请跟我来。"那人说着，微微鞠躬。

---

① 英国国歌《天佑女王》：产生于18世纪40年代，原名为《天佑国王》，维多利亚女王和伊丽莎白二世登基后改为《天佑女王》。2022年，查尔斯三世继任后改为《天佑吾王》。

他带领二人穿过宫殿的层层正门。每一扇门都是木质的，十分厚重，上面还缀有铜质的复杂图案，画的大概是过去的战争场面。在亚马逊跳起来才能够到的高度，还有一排长长的尖刺。德雷克斯勒博士看她一直盯着它们。

"那是用来抵御大象的。"他那总是紧抿着的嘴奇怪地笑了笑，"想要撞门的大象都会被尖刺刺穿脑袋。"

亚马逊不禁难过地喊了起来："太不公平了！可怜的大象，这又不是它们的错。"

"那是野蛮年代的事了。"德雷克斯勒说，"的确很残忍。不过我们来这儿是为了看望王公，毕竟他给追踪组织捐了几百万。"

那位高大的仆人将他们交给另一个稍微矮一些的仆人，由这位新仆人引导他们到自己的房间去。到了德雷克斯勒的房门口，他叮嘱道："我们7点和王公共进晚餐，穿正式一点……"

"我尽量。"亚马逊答道。她其实只带了寻常的轻便衣物。

仆人将亚马逊带到了她的房间。这房间非常豪华，里面有三个套间，第一个是一间可爱的画室，里面摆着一个古董家具，上面雕刻了复杂的花纹。墙上的壁挂是五花八门的画作，有全是女孩子的美丽花园，有威风的战士、挥汗如雨的农夫，还有骄傲的鹦鹉、大眼睛的羚羊、凶猛的老虎。

穿过一道拱门，就来到了卧室。卧室中央是一张童话风格的公主卧榻，亚马逊一向对这类东西嗤之以鼻，认为太蠢。然而此时，她看着这闪闪发光的美丽大床，由衷地舒心大笑起来，忍不住飞奔过去跳上床。床垫好像是云朵和蜘蛛网做的，让人只想深陷其中。

卫生间好像是从一块巨大的大理石中掏出来的。方形浴缸大得惊人，亚马逊估计在里面游好几下都不会碰到脑袋。水龙头清一色是金子做的。

"真俗气呀。"她自言自语着，突然注意到那位仆人还没走，安静而顺从地站在一边。

"不好意思……"亚马逊一边说，一边想找出些钱给他。

那位仆人瞬间大惊失色——几乎到了惊恐的程度。他疯狂地摇着头。

"噢，不能要小费是吧？我明白了。"亚马逊也被他的反应吓着了，"不过，你不会说英语吗？"

仆人轻轻点点头，又指指自己的嘴，摇了摇头。

"我懂了，你能听懂，但不会说，对吧？"

他点头。

"我想你刚才留在这只是想看看我还需要什么，对吧？"

他又点点头，但他的举止让亚马逊觉得他想和自己交谈，可惜他还是失败了，所以鞠了鞠躬，转身离开了，让她安心欣赏这富丽堂皇的景致。

"要是弗雷泽在这就太好了。"她叹了口气，是啊，如果她堂哥在这和她一起说说笑笑会有趣很多。

不过接下来冒出的念头迅速占领了她的脑海。如果爸爸妈妈处境危险的话，还有什么乐趣可言呢？

6
驶过丛林

弗雷泽的旅行开了个好头,然而好景不长,愉快的飞行之旅结束了。小飞机降落在一条十分粗糙的跑道上,跑道估计不是给飞机设计的,即便是这架轻型飞机也吃不消。

跑道边停着一辆吉普车,正等着迎接他们。弗雷泽很快就发现,这车是一位与爸爸从小就相识的警长派来的。

"到镇上还有多久?"他问司机。

司机笑了,用典型的印度方式摇了摇头道:"快了,很快的。"

"很快"的意思,就是在坑坑洼洼又险象环生的路上行驶五个小时,而且路况越来越差,最后道路几乎和周围的丛林融为一体了。他们两次陷入沼泽,所有的成年人都下车去推车,体重最轻的弗雷泽去开车,他试着运转轴承,找回一点点牵引力。车子不断地左右上下摇晃,等到脱离沼泽的时候,连弗雷泽这习惯奔波的人都觉得像晕船了一样。

天气热得惊人,每个人身上都是汗津津的,车又一直低速行驶,所以即便开着车窗也吹不到一丝凉风。

他们开过了很多镇子,每一个都比前一个更加崎岖难行。还有很多孩童跟着吉普车,笑着从车窗伸手进来向他们要钱。好心的布鲁伊抵挡不住,很快就把兜里所有的零钱都送出去了。

最碍事的要数那些走在路上的家畜。在弗雷泽看来,它们的活动是完全自由的。瘦骨嶙峋的山羊、动作从容不迫的白色奶牛、笨拙的水牛,要么在路上闲庭信步,要么直接蹲坐在路中间。

城镇之间的间隔渐渐越来越大,被开发的土地越来越少。稻田的面积也越来越小,取而代之的是大片的林地。

终于经过了最后一个城镇,他们驶过丛林深处,到了蟒蛇曾出现的地方。

和之前一样,听到汽车在坑坑洼洼的路上开过的声音,镇上的孩子们又笑着围了上来。

司机把车停在了一个比周围小房子稍微大一点儿的建筑前。

"这里是镇长办公的地方。"大家跳下车时,他解释道。

接下来的半小时哈尔可忙坏了,他用混杂着英语和印度语的话对镇长解释了一番自己是谁,追踪组织来这儿的目的。这位镇长看起来是一位自高自大的人,挺着大肚子,耳朵上还长着长长的毛发。哈尔说完时,才发现周围已经聚集了一大群人。

听说镇上来了个马戏团,以讹传讹,大家倾巢出动,一辆老式摩托车上就能载一大家子人——爸爸、妈妈、爷爷、奶奶、两三个小孩,一层层地叠上去,活像金字塔。

除了人以外,还有几只叽叽喳喳的猴子,它们想看看能不能从人群里讨点儿吃的。弗雷泽注意到这些是讨厌的恒河猴,它们长了一张粉色的、十分像人的脸,却总流露出狡诈多端的神情,好像随时在干坏事一样。弗雷泽知道自己对这种动物有偏见,自从在孟买被一只鲁莽的恒河猴偷走了棒棒糖后,他对这种猴子就怎么也喜欢不起来了。

不过,对于灰色的叶猴他还是稍微有些好感的。他觉得它们举止优雅多了，黑黑的脸上遍布皱纹，神情严肃，不可冒犯。它们的步态也行云流水，就好像一汪灰色泉水在地上流淌一样。但这个镇上全是恒河猴，它们怒视着弗雷泽，好像察觉到了他对它们的反感似的。

这时镇长拍了拍手，让人把这场骚乱的始作俑者——那位老人——带到他面前来。

"我们在这浪费时间，"哈尔对弗雷泽说，"你可以给亚马逊打个电话，问问她那边怎么样。"

"好啊。"弗雷泽道。他刚从兜里掏出手机，还没来得及拨号，手机就被一只突然从房顶冲下来的猴子打落在地，一把抢走了。

"嘿！"弗雷泽大喊着，想把手机夺回来，"那是我的！"

但是太迟了，猴子早就带着它闪闪发光的新玩具在树枝间上蹿下跳地逃走了。

弗雷泽听到一声大笑，果然是布鲁伊。"估计它是要去看看自己的'猴脸书'主页。"

弗雷泽回头，看到了比自己脸色更差的哈尔。

"对，我也这么想。"然后他耸了耸肩，"估计手机的钱要从我零花钱里扣了。"

7
焦炭中的新发现

亚马逊独自一人待在富丽堂皇的房间里,开始仔细研究她电脑里分辨率更高版本的日记。一开始她兴致勃勃,而看完第一页后,她的心沉了下去。她本想着烧焦的部分能放大些,说不定又能多看清几个词,可还是无济于事。一张已经烧黑的纸不管放大还是缩小都一样。她也不太会用这个阅读器,明明只是个用来读文件的软件,操作却如此复杂。

她开始浏览屏幕上方的功能栏,想看看它都有什么功能。一通乱点后,她又回到了主界面,找到了她早已发现的放大功能,以及一个"显示/隐藏"按键。亚马逊点击了一下,又发现了一堆没意义的选项,多数对她来说都没用。她点击"分层"选项,眼前的页面变了,烧焦的日记页依然如故,而左侧跳出了一块小的分屏,它被分成了四部分,每一部分都写着个小标题:

烧焦1

烧焦2

卷曲页面

做旧

前三个旁边都有个锁状的图标,而最后一个"做旧"旁边却是一只眼睛的图案。她点击了前三个图标,什么也没有发生。她没有多加思考——她的思绪几乎已经飞到了今晚的晚宴,以及自己到底该穿什么——她将光标移到"做旧"选项上,点了一下。很快,这一页日记变亮了,页面顶端的字迹也更清晰了。

亚马逊的注意力立即被拉了回来。

她开始拼命回忆自己在英国的寄宿学校上的计算机课,有一节就是讲图像处理的,那时她也见过类似的分层功能。肌肉记忆比脑子反应更快,她迅速点击了一下"卷曲页面"旁边的锁图标,又跳出两个选项:"显示分层"和"属性"。她选择了"属性",随即更多选项出现了。她扫了一圈,发现有个"封锁"功能,旁边有个小对号,她点了点对号,消除了这项指令。然后她点击"完成",回到了日记页。锁状图标也变成了眼睛图标。

她越来越激动了,她知道这些操作一定有用,但一时还想不到什么。

页面的底部还是卷曲的,因为被火烧过,所以一片漆黑。电光火石之间她意识到,卷曲是被加上去的特效,所以她又飞速点开了"烧焦1"和"烧焦2"分层,重复了上面的步骤。

亚马逊惊讶地发现,面前的日记页变得清晰可辨了。底部确实因为火烧变得焦黑,但字都没丢。她兴奋地读完,划到下一页,开始重复以上的操作。

做完一切后,亚马逊激动得快喘不上气了。她慢慢将鼠标移到文件属性框选项,这样她就能看到篡改文档的人是谁了。

她看到了文档的编辑者,也就是故意将日记涂抹黑、掩盖文字真相的人的名字。

她完全没料到会是这个人,好像被人在肚子上打了一拳。

那个名字是:米兰达·科弗代尔。

8
众人追寻的蛇

终于,那个从树上掉下来的老人找到了,和他一起来的还有他的孙子阿纳德,就是拍下视频的那个小伙子。成为众人的焦点,二人似乎都很兴奋。

"你能带我们到事发地点吗?"哈尔问。

阿纳德用一口流利的英文回道:"当然可以了,跟我来吧。"

整个镇上的居民都倾巢出动了,还有几千米外闻风而来的人、镇上的恒河猴,都一股脑地来到了那片林中空地,聚在那棵猴面包树下。

弗雷泽无意中听到米兰达·科弗代尔对哈尔说:"这太糟糕了,有这么多村民盯着,我们怎么开展救援工作?"

"米兰达,"哈尔劝道,"你是我遇到过最出色的兽医,你的思维很敏捷,但与人交流不是你的强项。救援的关键步骤就是让当地居民支持你的工作,毕竟我们走后,他们还会长久地留在这里。我们只是来访的客人,他们才是这片土地真正的守护者。"

弗雷泽幸灾乐祸地笑了,因为通常被父亲长篇大论训诫的人是他。

"总之,"布鲁伊插话,"这些人能帮我们找蟒蛇,它现在可能在任何一处角落。如果只靠我们四个,不知要找到猴年马月去了。"

哈尔又对镇长和阿纳德讲述了一遍情况，其他村民也热心地参与了进来，每个人都指了一个不同的方向。

有个小男孩站了出来，拉住弗雷泽的胳膊，把他带到空地的边缘，嘴里还一边念着："来呀，跟我来。"

"爸爸，你们都过来，"弗雷泽提高了嗓门冲着人群喊道，"快来看看这个。"

二人围过来，只见地上的植物被压出了一道平整的痕迹，一路通向丛林深处。

"看来你找到线索了。"哈尔说。

"是我的这个朋友找到的。"弗雷泽说着，冲着那位小男孩笑了笑。

哈尔又简单和镇长交谈了几句，召集了一批人手加入寻找蟒蛇的队伍——包括一群年轻小伙子，还有那位眼神不错的小男孩。

追踪组织的捕蛇用具已经是最先进的了，不过在弗雷泽看来，它们还是相当原始。布鲁伊拿着捕蛇钩，其实就是一根两米长的铝质杆，顶端安着一个不锈钢的钩子。弗雷泽知道，这种钩子更适合捉小型毒蛇，不过这次也可以用来驱赶其他动物。哈尔带着一根捕兽套索，同样是金属杆，但这根是中空的，底部安装了金属丝编成的套索。金属丝穿过中空的杆子，在手握的部位露出一截，一拉就能将网收紧，希望它能顺利套住蟒蛇的头。

米兰达带着她的医疗箱，里面有最重要的一样东西——一支装满镇静剂的注射器。一旦蟒蛇被钩子和套索控制住，她就出手将蛇放倒。

还有个村民拿着一只巨大的麻袋，预备将蟒蛇装进去。

"这袋子恐怕不够大。"弗雷泽道。不过大家匆匆向着丛林行进,没人听到他说话。

路上的条件很艰苦。村民们走在前头,用弯刀砍着植物,开拓出一条路来。然而刀无法斩断错综复杂的树根,树根周围全是湿软的烂泥。天还亮着,但弗雷泽清楚,热带地区的夜晚来得很快。

那位指路的小男孩紧紧地跟在弗雷泽身边。

"你叫什么名字?"

"我叫兰迪普。"

"好啊,兰迪普,我希望咱们能在天黑之前捉到蟒蛇。我可不想在一片漆黑中被什么不知名的生物吃掉,更不必说还要被虫子咬了。"

兰迪普笑了笑。

长途跋涉还在继续,夜幕已然降临。蚊子成群结队飞来了。

"所以我讨厌丛林,"弗雷泽说着,拍掉了耳边嗡嗡响的一只蚊子,"说认真的,"他提高了音量,让追踪组织的其他成员都听见,"下次我想去北冰洋,或者任何一个没有虫子的地方。"

"想要找蛇就摆脱不了虫子,"布鲁伊道,"丛林里就这样。"

"我可不喜欢蛇,"弗雷泽回道,"海豚就可爱多了,起码海里没有虫子。"

"我记得你和亚马逊不久前刚遇见的小麻烦……那只饥饿的乌贼……"布鲁伊微笑地说。

"可是至少在被吃掉之前,你能看清它到底是什么东西。"弗雷泽说着,胡乱挥了挥手。

每走出几米，队伍就要停一会儿，因为哈尔总是驻足观察地上的草根、被碾平的蕨类植物或是湿润泥土上的凹陷。每看到一处，他都会满意地哼一声。"没错，"弗雷泽心想，"爸爸这个反应，证明我们没走错。"

又走了一小时，再没人说话了。弗雷泽发现自己被落在队伍末尾，旁边只有忠诚的小跟班兰迪普。一路上高温灼人，又被蚊虫叮咬，弗雷泽感到既疲惫又丧气，他希望亚马逊也在，这样他就能保持警觉了。

弗雷泽从未交过那么多同龄的朋友，因为他老是转学，有一阵甚至没去上学，哈尔给他当家教。他没机会和一大群孩子一起玩，还好追踪组织里有个布鲁伊，填补了他交友经历的空白。

和亚马逊一起则是完全不同的体验。也许因为他们是堂兄妹，又同样热爱动物和探险，总之他们一拍即合。诚然他们也时常吵架，不过二人彼此都知道，对方永远是自己最坚实的后盾。

很快，弗雷泽的思绪被一阵骚乱打断了。密密层层的树冠遮住了天光，尽管天早已黑了，唯一的光亮只有队伍前头的人手里的火把。白天丛林里的声响已经消失了，比如叽叽喳喳的鸟叫和猴子叫，现在耳边只充盈着飞虫的嗡嗡声，还有角落里青蛙潮湿的打嗝声。

弗雷泽知道，前面的人可能找到蟒蛇了，正准备捉它。长途跋涉这么久，他一定不会错过这最激动人心的时刻，就像好不容易吃完难吃的西蓝花，终于可以吃甜点了一样。

他加快了脚步，想加入其中，然而有什么东西拦住了他。右后方的树上传来一阵喧闹，他赶紧将他的小手电筒打开对准树枝。

果然，他看见了一群猴子。他下意识觉得它们是恒河猴，这样他就能夺回自己的手机了，可是当看到猴子垂下来的长尾巴时，他才反应过来这些是叶猴。

在印度看见树上有猴子不是什么新鲜事，但天黑了它们还如此活跃就不寻常了。猴子们一般黄昏时刻就会爬到树的高处休息，以避免豹子和其他捕食者的侵扰。但这些叶猴显然还没打算休息，相反，它们十分躁动。

弗雷泽想到了什么。

他大喊起来，"嘿！爸爸、布鲁伊、米兰达……"然而这些人早就走在最前面了，他想了想，告诉兰迪普："快！去告诉我爸爸，我觉得我找到那条蟒蛇了。让他们赶紧跟我来。"

说罢，他循着猴子们的踪迹，只身踏进了丛林深处。

9
印度的宴会

"拜托,快接电话!"亚马逊听着电话里的嘟嘟声,焦急地念道。电话响了七声,自动转为语音留言。亚马逊极力忍住了骂人的冲动。

"米兰达,她是追踪组织的大叛徒……"

她焦急而语无伦次地开始诉说整件事的经过,然而说到一半,电话里的声音冷冰冰地说:"语音邮箱已满。"电话挂断了。

"快看信息啊,弗雷泽,你这蠢蛋!"她喊道。她突然意识到,应该先把这件事告诉德雷克斯勒博士,他知道怎么处理。

亚马逊想尽量将自己打扮得体,又不太显眼。她从箱子底拽出一条校服裙,一条紧身裤,还有一件不知什么时候买的、从未穿过的衬衫。她将脸上愤怒的泪水洗掉,梳了头,刷了牙,将她的鞋用换下来的衣服擦干净。然后她对着镜子照了照。

她感觉自己从没这么土过。

不过这不重要,快去找德雷克斯勒才是要紧事。她打开房间门,那位仆人就站在门外,挡住了她的路。

"我得去见德雷克斯勒博士,"她哀求道,"这可事关生死!"

仆人却只是瞪着她,没有让开。她伸手去推他时,他握住了她的胳膊,将她轻轻推回了原地。他指着墙上华丽的钟表,嘟囔了一句什么。

"我知道时间还没到,但我一定得见……哦,和他解释有什么用?"

她后撤两步,突然向门口猛冲过去。而仆人的反应更快,在她跨出门前的一瞬间就捉住了她。他把她推回房间,从外面锁上了门。她用力砸那扇厚重的木门,指节被砸得生疼,却毫无用处。

估计还有什么别的路能出去。她站在阳台上向下看,却连个排水管都没看到。她只能再等二十分钟,到宴会开始前,她就能见到德雷克斯勒博士,把一切原原本本都告诉他了。

日记上的信息很清晰了。火烧的痕迹确实对日记造成了很重的损伤,但更多的是做旧的痕迹,掩盖了大半原本能看清的字迹。

是凌梅先发现它的。谢尔盖告诉我们,动物们都被走私出去,送到了某个秘密的保护区,其实,那根本算不上保护区。我们还不知道这个地方究竟是用来干什么的,但有一点可以确定:保护区保护的不是动物,而是投资者的利益。

我不想相信这条线索,但凌梅并不知道我的经历。她指出,这里只有一个组织有能力将动物运往中亚、西伯利亚,还有非洲、大洋洲。这份纸质文件,也就是证据显示,不是所有动物都是被非法走私的,有些甚至有授权——这些授权都来自追踪组织中的一个人。

只有两种可能,要么,追踪组织是个邪恶的组织,我的哥哥是首席反派;要么就是,追踪组织中有叛徒,且已打入内部,背叛了我哥哥,打破了追踪组织的一切原则。

后面的几页纸揭露了更多真相。

肯定是卡格斯在作祟。我知道，他已经与那位叛徒搭上了线，他们想合伙偷猎野生动物，但要把它们运到哪儿呢？

又是卡格斯这个名字，亚马逊用手指不耐烦地在笔记本电脑上敲着。哈尔伯伯告诉过她，卡格斯十恶不赦，曾经多次试图谋害兄弟俩的性命。现在，他又和追踪组织的叛徒狼狈为奸……至于叛徒，亚马逊已经知道是米兰达·科弗代尔了。

虽然一开始很震惊，但她仔细想想，一切似乎有迹可寻。米兰达不是个友善的人，性格也阴郁，从不会和大家说自己的事。亚马逊连她是哪里人都不知道。

不过这些都不重要了，亚马逊只知道，米兰达和这个叫卡格斯的坏蛋都得去坐牢。

这时，门外响起了敲门声，她去开门，那位安静的仆人叫住了她。他拉住了她的手，轻轻捏了一下，亚马逊有些惊讶他的举动，但又觉得安下了心——起码自己不是一个人了。她想冲他笑笑，但他走在前头，把背影留给了亚马逊。

他们在走廊里走着，其他客人也陆续从各自的房间走了出来。亚马逊好奇一瞥，发现这些房间比她待的还要宽敞华丽。印度的女士们都戴着金首饰，身上的华贵纱丽在烛光映衬下更加光彩夺目。没错，这座宫殿的照明设备除了天花板的巨型吊灯外，还有上千支蜡烛。每个女士旁边都有一位男伴，有的穿着军装，有的穿着传统服饰——头戴头巾，身着刺绣精美的长袍，外面罩着高领长外套。

客人中还有欧洲人、非洲人和美洲人，有的穿着讲究，有的也很随意。他们大多数似乎都是男士。亚马逊跟着领路的仆人走下巨大的台阶，下面都是跳舞的客人，金色的烛光摇曳着，景象更加壮观了。

亚马逊告诉自己，绝对不能分心，她还得告诉德雷克斯勒博士关于叛徒的事。她努力地在人群中寻找他，但她从未感觉自己如此矮小，等到她走下最后一级台阶时，她只能看到大人们的后背了。人群就像一条闪闪发亮的小溪，向宴会厅行进。

他们来到了另一间大屋子。这间屋子前后足有教堂走廊那么长，屋顶描画着好看的图案，有狮子和老虎争斗的场面，也有美丽的公主和帅气的王子。房间正中放了一张桌子，几乎和房间等长，上边摆着银质餐具、水晶酒杯，还有镶金边的白瓷盘子。

亚马逊上蹿下跳，试图找到德雷克斯勒。尽管亚马逊很焦急，她还是得承认，这是她见过最漂亮的晚宴布置了。她寄宿学校的餐厅是灰蒙蒙的，又脏又乱，还弥漫着一股白菜味。

她突然发现自己被领到了座位旁——她不知道自己该怎么办，所以很有压力。她几乎是坐在这张大桌子的首席了，她的一侧坐着一位身材高大的年长女士，另一侧是一位身材矮小，面容和蔼的男人。男人穿着一件花呢外套，内搭一件领子都有些磨损了的旧衬衫；脖子上挂了一副阅读时用的眼镜，看起来好像一位心不在焉的教授。

"有年轻人在场真好！"那位高大的女士声如洪钟，估计能吓退一头横冲直撞的犀牛。她的语气传递的意思则是，有年轻人在席上一点儿都不好,不管在哪儿都不讨人喜欢。"我猜,"她继续说着,"你一定是王公最近感兴趣的小项目。"

亚马逊正要辩解,她不是任何人的"小项目",但那位女士已经绕过她,去和那位矮个子男人攀谈了。

亚马逊环视一周,终于看到了德雷克斯勒。他在她右边很远的地方。他正和坐在他一左一右的两人谈得正欢——一位看起来是年长的军官,另一位是高大的非洲男子。但她的直觉告诉她,德雷克斯勒也偷偷注意着她这里的情况。她一边做口型道"我有事和你说",一边站了起来,但德雷克斯勒做了一个让她冷静的手势,与此同时,她听到旁边传来一个温和的声音。

"这些正式场合真让人厌烦,我宁愿端着晚饭在电视机前吃。"

亚马逊很确定,那个男人是在和她说话,但那位高个子女士抢答道:"我太同意了,土公大人。我就很喜欢看《天才小厨师》和《X音素》这两档节目……"

"斯坦姆女士,"小个子男人发话了,"你不介意我和我的朋友说几句吧?我们有些事要商量。"

亚马逊才反应过来,她旁边的这位男人就是宫殿的主人。

"见到你真高兴,亚马逊。"他说,"我和你父亲还有你祖父都是旧相识了。我在就比你大那么一点儿的时候,经常和他们俩一起制作动物标本。"

"您认识我爸爸?"亚马逊忙问。自从父母失踪后,她就格外留心他们的蛛丝马迹,好像一个快饿死的孩子抓着一块面包不肯放手。

"当然了,而且,竟然是他这个美国人教我这个印度人骑大象的。匪夷所思,是吧?他就是自然界的艺术家!"

"不过王公们应该不需要自己驾驭大象吧?"亚马逊笑着说,"您应该有个象夫吧?他在前面牵着大象,这样您就可以舒舒服服坐在大象背部的椅子上了。"

"对,也就是象轿。你说得不错,小姑娘。不过我觉得象夫这个称呼不大好听,是不是,梅赫梅特?"

王公看向亚马逊身后,她转过身,看到那位安静的仆人就站在不远处。突然被王公叫到名字,他有些惶恐地微微鞠了鞠躬。

"所以,他也认识我爸爸?"亚马逊激动地问,"我很喜欢和他说话……可惜,他好像不会说英语。"

"他不仅不会说英语,"王公悲伤地说,"恐怕都不能说话了。因为之前出了场事故,他的嗓子彻底坏了。"

"真是太不幸了!"亚马逊惊叹道。她很想知道那场事故是什么,但她忍住了没有问,因为那样很不礼貌。

接下来的十五分钟,王公问了她许多问题,比如她的学校、在英国的生活,还有在追踪组织的工作,等等。他似乎很了解追踪组织的各类活动,他知道他们在俄罗斯救了远东豹,在波利尼西亚救了一群幼年棱皮龟,他甚至知道他们最近去加拿大山区冒险的事儿。他询问她,他们都遇到了什么动物,亚马逊说,有灵熊、美洲狮和狼。王公的眼睛亮了:"如果它们能列入我的收藏该多好啊。"

他们交谈的时候,食物上来了。亚马逊猜想,在如此盛大的场合,菜肴应该是西餐,没想到居然全是印度菜,有烤肉还有各式咖喱,每一样都既美味又精致。虽然口味不一,但合在一起却又组成了另一种和谐的味道。连米饭都做得恰到好处，不软不硬，松软可口，和她学校做的那种相比简直是天壤之别。她从未想过，简单的食物也能这么好吃。

　　享用着美食，她也并没忘记她得告诉德雷克斯勒博士她的重大发现，但每次她试着离席，王公都会再问她一个新的问题，亚马逊的礼貌和教养使她无法在王公说话的时候直接离开座位。

10
草地里的巨蟒

  此时的弗雷泽完全顾不上其他,脑子里的唯一念头就是:如果被那硕大无朋的网纹蟒杀死在丛林中某个潮湿阴暗的角落,该有多可怕。

  他知道这么想很蠢。他一边在树下走着,一边抬头观察叶猴们的行动,想借此锁定蟒蛇的位置。他有百分之九十九的把握能确认这些猴子的骚动是由蟒蛇导致的。蛇是伏击型捕猎者,也就是说,只要猎物知道它们的位置,能看到它们时就不会有危险。显然,这些叶猴发现了蛇,它们在传递信号,想告知整片林子里的动物。

  当然弗雷泽还有一点小疑问,毕竟百分之九十九和百分之百不一样,剩下那百分之一的不确定因素可能会要了他的命。

  他爸爸总是说,做任何事都要保证安全第一,换句话说,就是凡事都要准备万全,将风险降到最低。然而,哈尔小的时候却做过差不多一千件鲁莽又疯狂的事——这可能还仅仅是他对弗雷泽讲过的一半。但哈尔还是千叮咛万嘱咐,让弗雷泽警惕未知的风险。弗雷泽知道,叶猴发现的可能不是蛇,而是另外的猎手,比如猎豹或者老虎。但如果真是这样,那么麻烦就大了。

  不,这么小的一片丛林里不会同时存在一只以上的顶级捕食者。

  他突然感到一阵剧痛,脑海中一切复杂的想法和图像都消散了,取而代之的是一道极强的白光。

11
埋伏

亚马逊总算有机会了。一个戴着斑点花纹领结、留着蜗牛爬一般小胡子的男人开始与王公聊起了老爷车。就在此时，亚马逊注意到德雷克斯勒用餐巾擦了擦嘴，起身离开了桌子。

亚马逊飞速跑到了他身边，以防他走到卫生间或者其他什么地方。她在大厅边众多的走廊入口拦下了他，这些走廊就好像一只巨大章鱼的触手。

"博士，"她气喘吁吁地说，"我必须得告诉您——"

德雷克斯勒听出亚马逊要说的事可能很严重，他紧张地看了看周围，抬起手制止了她。

"别在这说，"他悄声道，"这里不安全。跟我来。"

他打开了一扇走廊上的门，进入了一个房间。这里是一座小图书馆，所有的书架都从地板直接延伸到天花板，周围还摆着几张皮椅。

德雷克斯勒挑了一张椅子坐下，让亚马逊坐他对面。"什么事？"他用一贯的冷冰冰语气问道，"长话短说，我们不能离开宴席太久。"

亚马逊一股脑儿地把所有她知道的事都说了出来。

"追踪组织出了个叛徒。有人在帮助一个叫卡格斯的坏人偷窃动物，并走私到……我也不知道，总之是残害动物的地方。这些都是我爸爸在日记中写的。哈尔伯伯将日记从火中救下的时候，日记受损严重，但扫描它的人已经辨识出了大部分内容，不过他们将真相重新覆盖住了，并将它弄得更加难以辨认。上面有那人的落款，就是米兰达——米兰达·科弗代尔。我们得赶紧告诉哈尔伯伯，毕竟她现在和他们一起找那条蛇，谁知道她能做出什么来……"

德雷克斯勒是个喜怒不形于色的人，然而听到米兰达的名字，他无框眼镜后的眼睛睁大了。

"你有证据吗？"

"有的，都在我电脑里。我……"

亚马逊突然闭上了嘴，她差点说漏了自己复制德雷克斯勒博士电脑文件的事，"我是从我的平板发到电脑上去的，这样就能仔细研究了。"

"知道了。"

德雷克斯勒沉默良久，突然像是精神十足般地从椅子上跳了起来。

"在这等我，我去给亨特先生发个消息。可能需要一段时间，不过这也没办法。"

他迅速离开了房间，亚马逊觉得很迷惑。她站起来，向书架走去。这里的书多数都有些年头了，包裹着皮质的封面，还有历史和地理相关的多册丛书，关于动物的书也很多。亚马逊拿起一本大部头的、画着鸟类的书，她将它放在桌子上翻阅着，每一张图都与动物本身同等大小。

亚马逊双手放在口袋里，盯着一幅栩栩如生的秃鹫图——她想起了不久前在加拿大看到过它们。这时，她的手指触碰到了一小片折叠着的纸，她将它从口袋里拿出来打开，上面的字迹很工整，但语言很滑稽，好像是一个不怎么会英语的人写的：

"小姑娘，德雷克斯勒博士是个很坏的人，你得赶紧逃走。我是你爸爸多年的好朋友，他从虎口里救过我的命。这是我欠他的人情，但我也只能帮到这里了。这里的一切都是邪恶的，快点逃跑。"

爸爸的朋友……会是那个哑仆人吗？他叫什么来着……梅赫梅特？亚马逊想起来，这张字条可能是他阻拦她的时候……

她盯着字条，对上面的内容不置可否。但是紧接着，她还没想明白为什么，就意识到自己必须得跑了。她跑到门边，门恰好开了。

她看见了王公那张善良的脸庞。现在他站立着，亚马逊清楚地看到他有多矮——和她一样高。

"王公先生，"她急切地说，"我需要你的帮助。我爸爸他现在很危险，德雷克斯勒博士也……"

"我的好孩子，"王公说，"我知道德雷克斯勒博士在哪里。"

然后亚马逊看见，他身后的黑影里还有几个人。王公径直走进了图书馆，身后跟着两个人，看起来很像门口骑着马的人。他们高大威严，与王公的矮小和善形成了鲜明对比。跟在他们后面的正是德雷克斯勒博士，他的脸上一丝表情也没有。

"但是……但是……"亚马逊只说得出这个词。

"真抱歉，我的好孩子，"王公轻轻笑了笑，"你本不必卷入到这场不愉快的事件中，我不想伤及无辜。不过，现在是你逼我们这么做的。"

"你?!"亚马逊瞪着德雷克斯勒,"你才是叛徒,对吗?"她的语气满是痛苦、憎恶与绝望。

"叛徒?不,不是。"德雷克斯勒的声音比平常更加低沉冰冷。

"可你不就是背叛了哈尔伯伯和追踪组织吗?为了钱?"

"钱?和钱一点儿关系都没有。"

"那你是为什么?"

"还有点儿时间,那我就给你讲个小故事。"德雷克斯勒说着,平静地回到他刚才坐的皮椅上,"我和你爸爸还有你伯伯一起创建了追踪组织。他俩占尽风头,所有的功劳都好像是他们的,连《星期日邮报》上刊登的都是他们俩的照片,而我则是那个幕后工作者。可这对我来说无所谓,我也从未抱怨过,只是一心投入到科学研究中去。我做了一个伟大的计划,这个计划能让追踪组织成为世界上最杰出的科学组织。我写好了理论基础,确信这一定会产生深远的影响。

"我将我提出的理论和发现,还有一份深思熟虑的计划书拿给哈尔。他一定能看出我的展望之中的科学意义,他清楚我能完成这份壮举,让追踪组织的资源发展壮大,从而改变世界……但他居然说不行!他居然否定了科学史上最伟大的成就!"

与他一贯的样子相反,此刻他变得十分亢奋,他的声音越来越大,最后几乎喊起来了。但他很快意识到了自己的失态,又恢复了平日那没有波澜的音调:"所以我要去别的地方寻找资助,自然而然地,我找到了这位伟大的赞助人。"

德雷克斯勒对王公鞠了个躬,小个子的王公对他笑着点了点头。

"他有我需要的资源,但是,虽然他的地盘很大,他……"

王公接过德雷克斯勒的话说道:"是的,自从英国统治印度的好日子结束,我们的财富就被政府抽走了。我的好朋友的科学项目既然需要资金,那么我就得去寻找一位……生意伙伴了——暂且这么称呼吧。

"这位伙伴正是你之前对德雷克斯勒说的卡格斯。他不是个好人,但他很懂得赚钱之道。我在南边有个保护区,那是个特别的地方。我们在那建立了一个科学研究所,我的孩子,你马上就知道它是什么了。"

"为什么?你这是什么意思?"

"我觉得是时候了,"德雷克斯勒说,"一家子该团聚了。"

王公用印度语向保镖说了几句话,他们迅速向亚马逊靠过来。

"这是干什么?我……"亚马逊决定做一件从来没做过的事:喊救命。不过很快就有一只大手牢牢地捂住了她的嘴。

亚马逊看到德雷克斯勒打开了医疗箱。她看不清里面是什么。德雷克斯勒抬起手,手上拿着一个由金属和玻璃组成的东西,她看了半天,才惊觉这是一支注射器,她从来没见过这么大个儿的针管。

"我很想说一点儿都不疼,"德雷克斯勒的声音很柔和,"但其实可能会有点儿疼,不过我保证不会太久。"

接着,一个保镖撸起亚马逊衬衫的袖子,德雷克斯勒拿起针管冲着亚马逊的胳膊扎了进去。

他说得没错,确实很疼,不过德雷克斯勒还没来得及把针拔出来,亚马逊就感到图书馆整个暗了下来,然后昏了过去。

12
大难临头!

惊吓之中,弗雷泽没有意识到自己被咬了。他的第一反应是自己闯进了荆棘丛里。

而在他记忆深处闪过一点儿模糊的印象:一个长身子、宽脑袋的家伙迅猛地向他扑过来,紧接着他就感到大臂一阵剧痛,被一股强大的力量掀翻在地。

恐惧、疼痛和惊慌失措在他脑海中翻滚着,他大声疾呼着,边踢边踹,觉得蟒蛇那能置人于死地的身体已经缠住了他。

但其实什么都没有,只是这一口过于疼痛,他惊慌过度罢了。他觉得自己好像看到那条蟒蛇扭动着蜿蜒的身子又回到了灌木丛的阴影中,黑暗使得它的身影愈发阴森怪异。

弗雷泽逐渐意识到,蟒蛇没有再继续纠缠他,刚才那一击可能属于自卫行为,只是想将他吓跑。它好像在说:后退,后退!

他打量着黑暗的四周,各个感官逐渐恢复了正常。林中一片寂静,叶猴早已从树顶跳走了,只剩他孤零零地等待自己的命运。他摸了摸胳膊,外套已被刺穿,肉也被刺破了,好像被叉子戳过的土豆泥。不过,虽然很疼,伤口似乎并不太严重。至少血没有从夹克的洞里流出来。他猜想蟒蛇那针一样的牙仅仅刺穿了肌肉,而并没有撕裂它,也没有使它从骨头上剥离开。

"好小蛇,乖小蛇。"他温柔地念着,慢慢从满是草叶的地上站起身子。他希望兰迪普此时已经告诉了爸爸,他们正往这里赶来。

他开始缓慢移动起来。与此同时,他从背上取下他的帆布背包,里面有一件他的重要财产——一把弯刀,是他在南太平洋某小岛时一个波利尼西亚朋友送给他的。如果有其他选择,他一定不会去伤害动物,不过,他遭遇的是一条巨蟒,眼下只想赶紧拿一把长长的利刃防身。

如果他知道蟒蛇在什么位置就不会这么紧张了。他全神贯注地观察着黑暗的环境,把每一根枝条和树根都当作一条吐着芯子的大蛇。

但他连蛇的影子都没看见,终于稍微松了口气。他的手还在包里寻找着弯刀,它不知道被什么东西缠住了。

他觉得,是时候喊救命了。

他走出了相当远的距离,刚开始深呼吸,蟒蛇就发动了第二次攻击——这次是直接从他脚下扑来。原来,他一直在向蛇的方向移动,而并非远离它。这一次则是致命的袭击——通常,它要一直咬住猎物,直到整个身体将猎物紧紧缠住。

一张血盆大口急速逼近他,两排刀子一般锋利的牙齿在暗淡的光线下闪烁着。弗雷泽本能地抬起手臂去挡——连同着背包一起抬了起来。

很快,一阵剧痛贯穿了他的四肢百骸,他听见一阵模糊的嘎吱声,是牙齿咬他的包的声音,帆布布料、弯刀和他的手臂都被咬穿了。

背包和里面的东西给了他的手臂一点儿保护,但他此刻还是像一只陷在捕鼠夹里的老鼠。他感受到胳膊被蛇牙越咬越紧，如果想抽出胳膊，非得连皮带肉撕下来不可。所以他将全身力气倾注到还能活动的左手上，重重地打了蟒蛇脑袋三拳。

这几拳打得不错，不过就像打在了岩石上——一点儿弹性都没有。现在，蟒蛇能轻而易举将他吞下去，就像从水龙头里流出的水将杯子里的冰块淹没掉那么快。

"啊啊啊啊啊啊——"弗雷泽挣扎着尖叫了一声，这声怪叫是从喉咙里发出的，充满了愤怒与绝望。他可不想这样死去，死在这样一条笨拙的巨蟒口中。

可是他又犯了个致命错误。尖叫时得吐气，他尖叫的时候，蟒蛇把他缠得更紧了些。这也是蛇的猎杀手段之一：每次猎物呼气就用力缠紧。估计两三分钟内他就会憋死。

弗雷泽开始努力回忆他学过的关于蛇的一切知识，然而，他学的多数是如何处理毒蛇，而不是巨型蟒蛇。如果此刻在他面前的是一条吐着芯子的眼镜蛇，或者是一条剧毒的金环蛇，说不定还有一战之力，可是现在缠着他的这东西看起来完全没有弱点。

弗雷泽的头很晕，蛇牙咬的疼痛已经减轻了，蛇身缠他的束缚感似乎也淡了些，这是因为他的生命正在流失，他的意识渐渐模糊了。

他知道自己快死了。比死更糟的是被蛇吞进肚子，几个星期后被它能分泌出强酸的胃彻底消化掉。

他必须做点儿什么。

他试着将插在帆布包里握着刀的右手从蛇嘴里抽出来，但这显然是不可能的：蛇嘴像老虎钳一样封住了他的行动，而且这老虎钳还锋利得像碎玻璃一样。

弗雷泽想到了什么。

他曾经读到过，如果被巨蟒抓住，只需要往它头上浇一点儿酒精，它就会松开了。他的包里有洗手液，洗手液里是含酒精的。不过，现在他够不到它。

突然，他的潜意识里出现了另一段记忆。尾巴！蛇似乎很难和尾巴联系在一起，因为它整个身子就像一条尾巴似的，但其实，它那长长的身体的末端——那些细小骨头的后部，也就是蛇早已退化掉的后腿后面——就是它的尾巴。他记得，蛇的尾巴是十分敏感的部位。

弗雷泽还有一只可以自由活动的手。虽然蟒蛇身形巨大，但是大部分都紧紧缠在他身上。他顺着蛇身了往下找，终于看到了抖动着的蛇尾巴。它和弗雷泽的胳膊一样粗，不过像一个锥子一样，最末端是尖的。他用左手去够，同时，他感觉到那针尖一样锋利的牙齿把右臂咬得更深了些。

他现在离蛇头非常近，甚至能看到它那双金黄色眼睛里闪烁的光芒。它的眼神中没有怨恨或邪恶，只有冷血动物特有的残忍。那难以安抚的饥饿感促使它迅速将他杀死，不带一丝怜悯之心。

那条扭动着的尾巴挪远了几厘米。弗雷泽清楚，这是他最后的求生机会了，他猛地扑了一下，终于！他的手指触碰到了尾巴，将它抓在了手里。趁着蛇还没反应过来，他还有几秒钟时间，不然，等蛇感受到尾巴被捉住，一定会用力甩脱的。

他用尽最后一丝气力,将那布满鳞片的尾巴塞进自己嘴里咬了下去,咬穿了鳞片和肉,咬到了骨头也没松口。

这一咬在瞬间就产生了效果,巨蟒爆发出一阵咝咝声,就像水浇在了肆虐的大火上。它扭动着,后退着,立刻放开弗雷泽逃走了。弗雷泽大口呼吸了几口空气,感觉胸腔疼得厉害,虽然肋骨不至于断裂,但还是疼得撕心裂肺。现在,他无暇顾及他的肋骨和身上一深一浅两处咬伤了,因为蟒蛇随时可能回来,它现在又饥饿又愤怒。

弗雷泽从包里抽出砍刀,刀锋上还有血迹,那是从他受伤的胳膊流下来的。他又从包里找出了洗手液,准备等蟒蛇扑过来时喷到它的眼睛和嘴里,这样他的砍刀才有发挥空间。

天完全黑了,他找到了口袋里的小电筒。蛇能通过空气中的味道找到他,所以,他也得看得清周围情况才能与蟒蛇公平搏斗。

他打开小电筒,用嘴巴叼着它。一束光投向丛林,照亮了一小片圆形区域,亮光随着他脑袋转动而移动着。他看不见蟒蛇,心中惊慌不已,于是飞速地转着头,总觉得蟒蛇就在他身后。

突然,他找到了它,就在他的面前。它缓缓地向他爬过来,它一边紧盯着他,一边吐着芯子。

弗雷泽首次看清楚了它的全貌。它的色彩在手电筒光的照耀下显得没那么鲜明了,看起来像泥巴一样灰,不过身形确实十分庞大。弗雷泽都不敢相信,自己刚从它这里死里逃生。

他心想,如果我能活下来,可就是一个精彩绝伦的故事了。

他意识到应该大声呼救,可是嘴被手电筒塞住了。他后退了

几步，想含着手电筒呼救，然而只发出了一声含混不清的哼哼："嗯呃……"

手电筒掉了出来，他想接住它，砍刀却脱手了。几乎同一时间，蟒蛇发起了进攻，将整个身子扑向他，如同掷出一支树那么大的鱼叉一般。弗雷泽摇摇晃晃地后退了几步，将洗手液喷到了蟒蛇脸上。这时，他感受到周围传来了脚步声。

"是爸爸！"他想着，"他来救我了！"

蟒蛇的进攻没能命中目标，有人用一块巨大的帆布猛地盖住了它。

"真奇怪,"弗雷泽暗想,"我怎么不记得我们带了这东西……"几个人跳上盖着蟒蛇的帆布,试图控制住它。

身后传来了一声树枝被踩断的声音,弗雷泽转过身,希望看到爸爸,或者是布鲁伊那阳光灿烂的笑脸。

然而那人不是爸爸,也不是他的朋友。

那是一张再熟悉不过的脸——他在南太平洋时的死对头。

弗雷泽的脸上闪过一丝惊恐。蟒蛇是被抓住了,可他现在并没有摆脱死亡的威胁。

他想喊,立即就被制止了。这次不是被世界上最大的蟒蛇缠住,而是被人用一块粗糙的布料堵住了嘴。他的鼻子充满了一股甜腻腻的化学制品的气味,他极力憋住气,但于事无补。失去意识前,他看到的最后一个画面赫然是利奥波德·钟的脸。他是个动物收藏家,更是个匪徒,极有可能是个疯子。

第二部分
追捕

13
亚马逊的旅程

亚马逊不想起床,外面太冷了。可恶,屋里也一样冷!小气的校长从来不开暖气,除非天气冷到操场上的池塘都结上厚厚的冰。亚马逊的被窝就是全世界最暖和的所在了,她可舍不得离开。当然,早餐菜单上没有什么吸引她起床的东西。那甚至不能被称为菜单,毕竟上面只有一样吃的:粥。连粥都不是什么好粥,尝起来就像用旧粗花呢夹克和耳屎煮出来的。如果你是假正经的好学生或者班长的话,说不定还能多一勺果酱。可惜,亚马逊从来不是所谓的好学生。她老爱惹麻烦。

所以,她宁愿待在暖和的被窝里。

其实被窝外面不只是冷,好像还有些什么不好的东西。

问题就是,她的床在不断移动,两头来回摇晃着,好像在船上一样。估计是这样:她此时就在船上,所以有种晕船的感觉。

不对,问题不是这个。她知道自己有些必须做的事。写作业吗?她想象出了一张写满复杂公式的卷子,她盯着上面那些无法解出的鬼画符,好像这些数字和图案中藏着什么玄机。她凑近了些,将卷子贴到脸上看。这些图案并不是抽象的,而是一张张小的图片,她又仔细看了半天,眼睛都要贴在纸上了。终于,她看清楚了。

那是一条弯弯曲曲的蛇的形状,而且每秒都在变大,很快,就填满了整页纸。它像巨蟒和眼镜蛇杂交出来的——不论是用毒液还是用庞大的身躯，都可以轻易取人性命。渐渐地，它变得比纸还大，比床还大，最后比她的房间还大了。她想尖叫，但发不出声音。蛇慢慢退后，突然，她的世界传来了一声巨响。

亚马逊惊醒了，但直觉告诉她，最好闭着眼睛。她的脸很疼，眼睛发胀，好像有条大蛇被困在她脑子里，拼命想从她的眼睛里逃出去一样。

她此刻是在一辆交通工具上，可能是卡车，目前正行驶在一条崎岖的路上。她还是昏昏沉沉的，在刚才那个被麻醉后做的梦里出不来。是的，她知道自己被麻醉了——用那支注射器。

"她还没醒。"一个声音说道，她听出来这是刚才挟持她的人。她感觉到那个人正在逼近她，她都能闻到那人呼吸中的大蒜味了。他的口音听起来像东欧人，也有点儿像俄罗斯人。亚马逊竭力忍着尖叫的冲动，如果他们没发现她醒了，说不定会交流些关键信息。"她还晕着呢，睡得像个婴儿似的。"

"这样就不用再打晕她了，"另一个声音说道，亚马逊想，这应该是个印度人，"老板说我们得保证她安全。"

第一个说话的男人嘟囔了一句什么，亚马逊感知到他走远了，"我可不想听鬼哭狼嚎。"他抱怨道。

亚马逊努力让自己的脑子转起来。

德雷克斯勒。

那本日记。

王公。

她想把这些联系起来，分析到底发生了什么。而她的思绪很快被这两个人的交谈打断了。

"到猎场还要多久？"

"一两个小时吧。"

猎场？那是什么意思？

亚马逊也没打算立刻弄清楚。她小心翼翼地将眼睛睁开一条缝，看到自己确实处在一辆像卡车一样的车上——其实是一辆老旧的吉普，她躺在车后排的地上。她的一边是那个俄罗斯人，他穿着一套时髦的黑色套装，和他的声音不搭配，当然也和印度不搭调——如果他们此时还在印度境内的话……

另一人是一个瘦瘦的印度人，戴着副眼镜，留着小胡子，看起来就像个单纯无害的小镇医生。

二人背靠着吉普的车门，这门是可以推到侧边的那种。亚马逊所处的位置太低，没法看到窗外风景。她只能隐约看到一点儿蓝天。他们驶过树林时，天还被密密层层的树叶挡住了。她明白，在荒郊野外逃跑是没有意义的，他们能很轻易地把她抓回来。

她需要路人的帮助。她接触到的印度百姓大多十分和善，她很喜欢他们。如果周围有人的话，她知道他们一定会帮她。

她在等待时机。

终于，煎熬了半小时后，时机来了。

司机骂了句脏话，同时，亚马逊听到了水牛的低哼声，还有几个人兴奋地交谈的声音。她在心底盼了又盼，希望自己此时正经过什么村镇。她想象着此时车窗外的景象，应该是到了一个乡间小道，周围村民们赶着牲畜推磨，路上全是男男女女、小孩和狗，还有水牛和骨架分明的耕牛，这是印度农村常见的样子。

趁现在！

她猛地向车门撞去，从还没回过神来的两个看守之间穿了过去。那个印度人慢了一拍，不过俄罗斯人反应极快，他一把拉住了她，被她奋力挣脱了。她成功挤到了车门边，她祈祷它没上锁。

她很幸运，车门没锁。她拉开把手一推车门，立刻就暴露在了炎热干燥的空气中。一时间，她被强光刺得有些睁不开眼，突如其来的高温也令她倍感不适。不过，她正好摔在了一头水牛前——周围全都是水牛！这种蓝灰色的牲畜身形庞大，但是性格温和。

周围也有人。有几个老人松松地顶着头巾，手持长木棍赶着水牛。还有孩子，以及头顶着陶土罐的女人。不过这里不是村镇，也不是乡间小道，没有那么多的人。

"救命，救救我。"亚马逊干燥的嘴唇里吐出这几个字。她的声音沙哑，满是恐惧与哀求，"这些人……他们绑架了我，他们想害我……求求你们……"

那些人盯着她看，并不理解她的意思，甚至有些害怕。

突然，背后有一双手抓住了她的两个肩膀，她再也无路可逃了。

是那个俄罗斯看守。印度看守对周围的农民们说了几句话，农民们静静地听着，没有什么多余的表情。他们说话时，亚马逊打量着四周，想确认这是哪里。这片土地比她这段时间到过的北方地区要绿。原来这是一片较为开阔的树林，到处生长着高大的树木。

周围的自然景物并没什么特殊的，真正使她惊讶的是，他们所在的路远处有一堵延伸数千米的高墙，看起来十分古老，像是某个消逝已久的文明留下的遗产。

她没时间多看了,俄罗斯看守抓着她的头发,强行把她塞回了车里。

"把她眼睛蒙上。"印度看守说。俄罗斯看守听话地从一块脏兮兮的布上撕下一条来,遮住了亚马逊的眼睛。他用力将布条拽紧,打了个死结。亚马逊不由得向后缩了缩。

"你的做法很愚蠢,"印度看守对她说,"你无处可逃。这里的农民全都属于他们的领主。"

"斋浦尔的王公。"亚马逊痛苦地说。

"正是。"

"你们想对我做什么?"

"你很快就知道了。"

"手?"俄罗斯看守问道。

"噢,对。手也绑上。"印度看守说。俄罗斯看守将亚马逊的双手紧紧地绑在她背后。

这样的姿势极度难受,还好不会持续太久。

车又继续行驶了半小时。亚马逊猜测,他们驶进了一扇大门口,现在正在……哪里呢?

车停了,俄罗斯看守将她拖了下来。因为什么也看不到,她只觉得绝望。她跌跌撞撞走过几级台阶,然后她感觉到自己来到了室内,因为他们的脚步声在坚硬的大理石地上回荡起来。过了一会儿,回声变了,亚马逊想,他们这时应该是到了一个更大的空间。她听到一阵喧哗,好像是有一群人正在兴奋地交谈。

她眼睛上蒙的布条被扯了下来。此刻,她正站在一间大屋子里。屋内的墙壁上挂满了各式各样的美丽挂毯,它们大多是深红色,上面绣有金线,望上去像闪烁着微光一样。周围有几个男人,她认出,有几个人她在那天的宴会上见过,剩下的则很陌生了。有的打扮得光鲜亮丽,态度冰冷;也有的身材肥胖,脸上肥肉把眼睛挤成了一条缝儿,在灯下看,他们的秃头油光锃亮。

有一位高大的非洲男人她在宴会上见过,他神情严肃,周身散发着坚毅的气息。

那些人看着她,一边笑一边窃窃私语。那些目光让她难以忍受。接着,她看到了王公,他端着一只玻璃杯,声音温和友好,好像和他手里的香槟一样美好。俄罗斯看守猛地将亚马逊向前一推,她趔趄着向前走了两步。

"你这卑鄙无耻的懦夫、人渣!"她咒骂道,听起来是骂那俄罗斯看守,不过也可以说是冲王公骂的。

王公转过身,看到了她。他的脸色瞬间变得铁青。

"谁让你们把她带到这儿了,你们这些蠢货!"他吩咐着,"把她带下去,和其他那些关一块儿。"

他挥了挥手,亚马逊立即被那俄罗斯人拖出了房间。她想踹他一脚,而那俄罗斯人轻易闪开了,还轻轻拍了拍她的后脑勺,好像在说"再不老实我就揍你"。

在她被推搡着押送走的时候,她对此地有了个大致的了解。这里和那天所在的宫殿不同,虽然也很大,但没有那么恢宏。

俄罗斯人踹开了一扇木门,把她推了进去。里面是向下延伸的狭窄石阶。她跟跟跄跄地下楼,两次差点儿跌下去,那俄罗斯人拉住了她,否则她一定会脸朝地摔倒了——她的双手还绑在背后。

亚马逊发现自己正处在刚才那个有很多人的大厅正下方的地下深处。空气中有股强烈的味道,甚至有点儿恶心。

然而这味道却让她有一种奇怪的安心感。这是动物的味道,是的,这里是关押动物的地方,有大型动物也有小型动物,有捕猎者,也有猎物。

她的眼睛用了几秒钟适应黑暗,不过她一开始就意识到这里有只笼子,里面关着什么东西,应该是某种动物。

笼子像是马戏团后台的那种,老动物园里也有。被关押的动物们通常会在里面无聊地走来走去,心中既愤怒又绝望。

其实这不是一只大笼子,亚马逊想着,应该是很多小笼子并排放着,每一只笼子里都关着一只活物。是动物,不过很特别——

是人!活生生的人。

她走过去,摸到了笼子的栏杆。

"妈妈……"她迟疑地说出了这个词,泪水瞬间盈满了眼眶,"爸爸?弗雷泽……"

14
弗雷泽的旅途

弗雷泽来到这里的过程可比亚马逊艰难得多,因为全程和他一起待在卡车后面的只有那条巨型网纹蟒。

一切还要从那块浸满了氯仿的布说起。虽然他们只用它捂了弗雷泽的口鼻几分钟,但他昏迷的时间足够钟及其手下那帮走私贩子将他和蟒蛇拖出丛林了。弗雷泽清醒过来时,发现自己身上绑得像只火鸡,被一个恶棍扛在肩上。他立即吐了那恶棍一腿——这是氯仿的副作用——真是太恶心了,即使吐出来,弗雷泽的不适也丝毫没有缓解。那恶棍将弗雷泽摔到地上,还在他的肋骨上愤怒地踹了几脚。

钟走过来,对着那恶棍严厉地说了几句中文,然后转向弗雷泽,"很好,你醒了。你可以试试逃跑,不过一旦停下,我们就会开枪打死你,那就太可惜了。"

为了防止他逃跑,看守在他脖子上系了一条绳子。弗雷泽清楚,如果他摔倒了就会被勒死,所以他打起了十二分精神。

他们大概有二十人,十个人负责抬着巨蟒。他们绕着村子转了一圈,在几乎什么都看不清的小路上徐徐前行。

弗雷泽已经没什么时间概念了,恐惧、疼痛和氯仿麻醉后导致的恶心让他觉得自己此时像在噩梦中,而非真实世界。

他摔倒了两次,还好绳子尚且够长,他没有被勒死,而是立即被看守提了起来，随之而来的是狠毒的咒骂。

终于，他们上了大路，走路变得容易了些。很快，他们就到了停着一辆卡车和几辆吉普车的地方。弗雷泽和蟒蛇还有四个男人上同一辆车。其他人则爬上吉普，车队就这样消失在了黑夜之中。

弗雷泽被牢牢地绑在卡车后部，旁边就是那条巨蟒。它身上盖着那块巨大的帆布，像死了一样静静地躺在那里。很显然，他们给它打了镇静剂，但弗雷泽忍不住想着，万一它醒了该怎么办。

"别担心，小美国佬。你不是用来喂蛇的。"

说话的是利奥波德·钟。而他乘坐的车正行驶在弗雷泽后面。

"钟，你在搞什么名堂？"弗雷泽的声音有些颤抖，可能是氯仿的副作用，也可能是长途跋涉太过疲惫，"你是怎么从岛上逃走的？"

弗雷泽和亚马逊上次看见钟还是在波利尼西亚那个无人岛上。钟和当地腐败的官员狼狈为奸，想要偷窃追踪组织保护的小海龟。热带风暴将兄妹俩和钟都刮到了无人的珊瑚环礁上，兄妹俩划着自制的筏子成功离开了小岛，而钟估计是靠着喝海水和尿液勉强维生。当兄妹俩带着救援队来找他的时候，这个狡猾的走私贩子却不见了踪影。

弗雷泽认为钟是一个既有魅力，但又十分令人厌恶的人。他可以表现得像个彻头彻尾的疯子，下一刻立即又变得冷静理智得可怕。弗雷泽猜，他的怪癖只是伪装，为的就是让别人低估他的实力。

"钟就像个大章鱼，有很多触手，能伸到很远的地方。他的手下也一样，他们不会让他们的老板死在荒岛上，不像那杀人害命的小美国佬和英国丫头！"

"嘿，明明是你想杀了我们！我们后来还回去找你了呢！"

钟耸了耸肩，"不管是真是假，就算你们回来，也是想把我送进监狱。我可不是随随便便蹲监狱的人。"

"那我们走着瞧吧。"弗雷泽自信道，其实他并没有听起来的那样底气十足，"你要这蟒蛇做什么？又是为了钱吧？"

"对，我找了个买家。"

"动物园？"

"谁说的？把这大家伙运出印度麻烦得要死。这个国家干点儿什么都要文件，落伍得很，得用一大笔钱贿赂。所以，我在这儿就找到了买家，不必费劲搞那些进出口文书了。现在我们就在交易路上喽。"

"绑架我干吗？我对你来说又没用。"

"啊，这属于意外惊喜了。多巧啊，我的买家对亨特一家也挺感兴趣。用一句中国的老话说就是：一石二鸟。"

"这话明明是英文的谚语①。你这小偷，连谚语都不放过。"

弗雷泽的精神高度集中起来。钟十分健谈，说不定他无意间透露的信息会成为弗雷泽的救命稻草。

"买家是谁？"

"一个很想要这条蟒蛇的人，一个密切关注亨特家族的人，一个知道你们也想要它的人。如果我能抓住你和你老爹，他会付我更多报酬。抓老的那个太危险，好在我们抓到了小的，对吧？"

钟高声笑着，爬到了弗雷泽的卡车驾驶室里。夜晚很快过去了，第二天已然来临。

---

① 英文的谚语：这里英文的谚语在本书原文是"kill two birds with one stone"，和钟说的中国老话"一石二鸟"是一个意思，所以弗德泽认为钟连谚语也偷。

路途漫长遥远，又闷热难耐。弗雷泽大部分时间都躺在蟒蛇旁边。他渐渐厌恶起它身上这发霉的潮湿气味了。他意识到，蟒蛇醒后可能会将他缠住，那一定是致命的。

"乖小蛇，别乱动。"他喃喃念着，好像蟒蛇会听他的话一样。

他后来睡着了，半梦半醒间，他觉得自己好像躺在家里的床上。逃走是没戏了，有四个男人看守，更何况他还被结结实实地绑着呢。

他试着和他们交谈，但他们要么不会英语，要么受了命令，不许和他说话，都不搭理他。终于，一个菲律宾刀疤男（他的刀疤从头皮一直延伸到下巴）伸出手指，在脖子上比画了一道。这手势全世界都明白，好像在说"如果我是你，我就闭嘴"。

蟒蛇开始扭动了，它头上的布套来来回回晃着，好像它在试着把自己唤醒一般。

"嘿，伙计们，你们快看……"弗雷泽提高了音量，还好其中一个看守已经拿出注射器，又给它扎了一针。

在这一天里，弗雷泽都看不见外面的世界。他知道他还在印度，但是具体位置就不得而知了。

夜幕再次降临时，卡车终于到了目的地。弗雷泽被五花大绑着带下了车。他察觉到身后一阵骚乱，因为他们正把蟒蛇从车上拖下来。钟的手下把他交给了一些穿着整齐制服和头巾的人，这些人也不怎么友好。

钟短暂地露了个面。他站在弗雷泽面前，好像要说点儿什么。他做了个口型，弗雷泽看出，好像是个"抱歉"。但紧接着钟就飞也似的走了，没有把那个词说出来。

他的手还被绑着，新的看守带着他走下台阶，将他推进了一个黑暗的地方，看起来像个地窖。里面摆了许多大笼子，在昏暗灯光的映照下，他隐约看到他不是自己一个人。笼子里还有两个人影，一男一女。他们隔着铁栏杆牵着手。

看守解开他手上的绳子，把一个笼门打开，推他进去，然后锁上了门。

"呃，你们好，"他极力想缓和一下气氛，"我想我们的遭遇差不多。"

那个男人向他的方向走过来，到了灯光下，他终于看清，那是一张他只在照片里见过的脸。那张脸棱角分明，有着一双与他父亲极为相似的、闪着智慧光芒的眼睛。

"嗯……我是……"男人正待回答，突然转向那个女人，她看起来病容满面，"凌梅，这是我侄子，弗雷泽。"

"你们是……你们是……"弗雷泽结结巴巴。

"是的，我是你叔叔罗杰，这是你婶婶凌梅。小伙子，很遗憾，我们居然会在这里见面。"

凌梅跟跄着向弗雷泽走了几步。"亚马逊，"她问道，"她是不是……？"

弗雷泽摇摇头："她没事，在离这里很远的地方。"

"你爸爸呢？"罗杰的声音充满期望。

"我被抓的时候，他还是自由的，不知道现在在哪里。如果我猜得没错，他应该在来救我们的路上。"

罗杰笑了："来，坐近一点儿，我们想知道的太多了。"

"我想，你们也一定有很多话要对我说。"弗雷泽道。

15
魔爪下的团聚

当亚马逊哭着冲向铁栏杆边上,伸出手想触碰爸爸妈妈的时候,罗杰和凌梅都惊诧不已。他们本以为她安然无事,谁料想她却和他们一样身处险境。

"妈妈!"亚马逊很快就泣不成声了。

"不,不,不——"她妈妈抽泣着,"你不该在这儿的。"

亚马逊知道她妈妈为什么这么说。出现在这里意味着极度的危险,很可能要面临死亡。她看见妈妈脸上的表情十分复杂,有见到久别重逢的女儿的喜悦,但更多的是悲恸欲绝。

她的爸爸在旁边的笼子里,她伸出另一只胳膊,想拉住爸爸的手。

"我还以为再也见不到你们了……"亚马逊边笑边哭。

"如果我们能换一个地方见面,不管在哪儿都好啊!"罗杰说着,伸出手拉住女儿。

"嘿,别理我就行了。"角落传来一个声音。

亚马逊扭头,看到了弗雷泽。现在变成亚马逊悲喜交加了——为什么会在这里看见弗雷泽?

"真温馨啊,我的心都要化了。"

亚马逊方才沉浸在强烈的情绪之中,竟全然没注意这个昏暗的、散发着动物气味的地窖里又来了人。

她环视一周，看到地窖二层还有些人，他们周围站着几个举着火把的看守。闪烁着的诡异火光使得环境稍微亮了一些。

刚刚说话的男人十分奇怪，看起来既年老又年轻——他的脸上布满皱纹，但他的身体瘦削结实，充满活力，手臂结实，甚至还有大块的肌肉。他的眼睛细长，嘴唇血红，颇有点儿食肉动物的特征。

亚马逊感知到了一股强烈的怨恨，甚至可以说是邪恶之气从这个人身上散发出来，就像从废弃核电站周围发出的放射线一样。不必说，亚马逊已经意识到了，这人就是她爸爸和伯伯的老对头，他叫——

"卡格斯，你这个人渣。"亚马逊的爸爸骂道，"人渣都没什么好下场，你的死期也不远了。"

"嚯，"那个叫卡格斯的男人说，"这个态度就对了，我就喜欢这种反应。我还担心岁月会磨平你的棱角，把你变成个无聊的家伙呢，罗杰·亨特。那样就没意思了，你当时是个多可爱的小家伙啊，老是喜欢恶作剧。可惜，你那蠢货哥哥不在这儿。对于一个猎人来说，将猎物全家一锅端是很有成就感的——一个爸爸，一个妈妈，一群小崽子。对，多好的全家福啊！"

"卡格斯，你听着。"罗杰站得笔直，"过去，你和我还有我哥有些过节，但其他人，我的妻子和女儿还有小弗雷泽，他们与我们的恩怨无关。你放他们走，这样等你进监狱的时候，我会让他们对你从轻发落。我会说你是个疯子，或者智力不健全的人，总之他们会对你宽大处理。相信我，印度的监狱可不是度过晚年的好地方。"

卡格斯笑了,他的牙齿发灰,虽然不锋利,但看起来十分有力。

"真这么简单就好了,罗杰。我个人与你的老婆、孩子并无纠葛,但一切都太迟了。交易已箭在弦上,资金已全部到位,结局注定了。"

"你絮絮叨叨说什么呢?卡格斯,你什么意思……"

"你知道我在说什么,罗杰。你也看到了,我在这里聚集了世界上最富有的人们,他们都热爱惊险刺激的捕猎运动。我们不久前办了一场狩猎会,不过,即便是血淋淋的杀生活动,也变得了无生趣了,比如射死一头麋鹿。所以,我给他们提供了这个星球上最稀有的动物,以增加杀戮的挑战与趣味。他们听说我抓到了大名鼎鼎的亨特家族——总是坏他们好事的那个家族——他们立即就来了,来向你们道别。"

"让我介绍一下我的几位合伙人。"他的手一挥,约莫划过了十个人——不包括仆人和看守——这些人都是刚才跟着他进来的。

"我们的老朋友王公大人你已经认识了,他有的是宫殿,不过手上的现金不多。"卡格斯将手指聚拢,搓了几下指尖,做出数钱的手势。他神情狡诈,甚至有些滑稽,"不过我还是把他当作合作伙伴的。"

王公庄严的脸上出现了些许惭愧。

"这位德雷克斯勒博士,更是你的老熟人了。"德雷克斯勒一直站在阴影里,亨特家众人看不清他的脸,"我资助了他一些有趣的实验,这样一来两全其美,既促进了科学事业——我对人类知识进步可是十分关切的——又为我的,或者说我们的生意带来了好处。"

"非如此不可吗?"德雷克斯勒开口了,他面色发灰,额上还有一层细汗,看起来极为不适。

"你个无耻的叛徒!"弗雷泽紧紧抓着面前的铁栏杆大喊,"我们那么信任你,还以为你是我爸爸最好的朋友。欺骗亨特家的人,绝对都——"

弗雷泽没有继续说下去,因为不知是王公还是卡格斯打了个手势,立刻来了一名守卫,用印度警方专门驱散人群时使用的长棍子狠狠地敲了一下他的指节。

弗雷泽痛苦地大叫一声,将受伤的手指夹到了腋窝里。

德雷克斯勒吃惊地瞪大了眼睛,也许并不赞许这样的暴力行径,不过他什么也没说。

"够了。"卡格斯发话了。不过很显然他是对弗雷泽说的,而不是要阻止守卫,"乖一点儿,我可不想在游戏开始前让你缺胳膊少腿。"

德雷克斯勒摇摇头,似乎第一次与良心做起了斗争。他低着头,像是突然对自己的脚产生了莫大的兴趣。

"现在,"卡格斯继续道,"我得隆重介绍一下这些付了钱的客人,没有他们,这一切也就不会存在了。我们集合了世界上最伟大的——也就是最富有的玩家们。这位——"他指了指一位大腹便便、面色红润的男人,亚马逊记得在王公的宴会上见过他,"就是拉尔米先生,来自美国得克萨斯。"

"很高兴看到你们。"拉尔米的肉脸上浮现出一丝笑容。

"拉尔米先生看起来可能会是那种玩柯尔特45式手枪或者温彻斯特来复枪的人,不过我知道,他的最爱是一把能调节成全自动的毒蛇223突击步枪，对吧，拉尔米先生？"

"那是用钱能买到的最好的枪。"那位叫拉尔米的美国人笑着，露出两排闪闪发亮的白牙，一看就知道是重金镶的。

在亚马逊眼里，这些人的形象逐渐模糊起来了。有一位叫康特的法国贵族后裔，还有一个叫赫尔·弗拉普的德国人，他的皮肤苍白得几乎透明，就像一条被捞到水面上的深海鱼一样。还有两个美国人，一个是带着冲锋枪的毒贩子，另一个是华尔街的银行家，银行家一副不耐烦的样子，好像对这一切都提不起劲。还有一个慢条斯理的英国贵族，名叫斯梅西克；一个澳大利亚的媒体巨头，叫麦克林托克。亚马逊不想再听下去了，这些形形色色的人都各有各的讨厌法。

最后一个被介绍的人亚马逊见过，是那个之前在王公宫殿里高大严肃的黑人。他仍然站在阴影里，似乎不愿纡尊降贵去和囚犯打交道。

"这位是阿穆达·班达酋长，"卡格斯说，"他很好地利用了国内本应捐给穷人们的善款。我觉得也是，把钱用在食物和衣服上太奢侈了。不知我是否有幸在游戏结束前看到您用长矛的样子呢，酋长？"

黑人什么也没说，只微微欠了欠身。他面无表情，看不出任何信息来，好像罗杰被烧毁的日记一样。

"你们一家早就是这些人的眼中钉了。我们是这个世界上最有智慧的精英，狩猎是我们的本能与天赋。猎物的头颅就是我们的奖杯，也是我们对被征服者表达的最高敬意，千百年来都是如此。你们，和那个叫追踪组织的可怜组织，一朝湮灭，没有人会为此掉一滴眼泪。"

"先生们，明天你们的日程会很满，如果不介意的话，你们可以去做最后的准备工作了。我想和我的老朋友一家人单独聊聊。"

那些"猎人"跟着仆人顺着原路离开了地窖。

"终于就剩我们了！"卡格斯走近笼子。亚马逊甚至能闻到他身上的气味，那是一股强烈的麝香味，隐约还透着威士忌和古龙水味。她看得出，他很享受这次漫长的复仇。

"我再多告诉你们一些事，"他继续道，"一些关于这里的信息。你们可能已经知道了，我们现在所处的地窖上面是王公的曾祖父多年前建造的大型狩猎场。周围是全印度最完备的生态系统，足足占地一万亩①。有密林、疏林、稀树草原，还有一条大河。这是一个完美的世界，一个小伊甸园，是最佳的狩猎场。"

"我必须得说，里面能有这么多珍稀动物，追踪组织可帮了不少忙。"他冲着德雷克斯勒大方地点点头，不过后者还是一直低着头，"这些动物大多数是印度的，不过也有其他地方的。我们捕捉了老虎、美洲豹，当然，也有斑马，还有我的老朋友罗杰在中亚研究的高鼻羚羊。我们还收集了人类可爱的近亲，黑猩猩和大猩猩，还有狒狒，越稀有越好。所以，我们还有大熊猫呢，毛茸茸的，真是可爱极了。"

"你这个禽兽！"亚马逊大喊道，她再也控制不住自己了。

"禽兽？我们不都是穿着衣服的禽兽吗，亲爱的？"卡格斯做出一副十分友好的模样。

---

① 亩：1亩约为666.7平方米。

16
被缚的钟

就在此时，一阵骚乱打断了他们。亚马逊高兴了几秒钟，她以为是哈尔带着一群警察来救他们了。

但很快，她听到了一个熟悉的声音。那人是她过去十分畏惧且憎恨的。

"这十万是什么意思？你答应的一百万美元呢？你又有了蟒蛇，又有了那小子，你怎么不守承诺？钟要的是你答应他的一百万！"

所有人的目光都被这个冲下地窖的人吸引了。他正和留着大胡子的高大守卫们扭成一团，想挣脱他们的阻拦。他张嘴咬了一个守卫的手臂，又踹了另一个的小腿。

"把他带过来。"卡格斯压低嗓音，声音充满了威胁意味。

看守们把这个走私贩子丢到卡格斯面前。

钟挣扎着坐起身，还在念叨着钱的事。

"我得给手下付工资，他们可不便宜……"

卡格斯什么也没说，走过去踹了钟肚子一脚。

整个地窖死一般的寂静。卡格斯俯下身盯着倒在地上的钟，亚马逊看到，卡格斯握着一把手枪。

"我是告诉你要么把他们都解决了，要么就都带过来，而你却给我认识的最危险的人留了一条找到这儿来的线索。如果没搞错的话，他肯定会过来的。我的整个组织都危在旦夕，我本应该当场就把你杀了。慷慨大方的我甚至还给了你钱,而你却来挑战我的耐心。"

他给子弹上了膛,将手枪对准钟的脑袋。

钟似乎还没明白,他盯着枪口,好像从来没见过似的。亨特一家惊惧地看着眼前的这一切,卡格斯居然要当着他们的面杀了这个人。

卡格斯突然改了主意,他戏谑地笑了笑。

"我倒是有个好主意,你可以陪亨特一家待到早晨,你还有八个小时来回顾你可怜而失败的一生,然后我就把那只小宝宝和它的妈妈放进来结果了你。"

"不!"钟惨叫道,"这不公平!"

卡格斯置若罔闻,他已经离开了。

守卫们将钟扭送到了远处一个空的笼子里。这过程并不容易——钟一直死死地抓着护栏,守卫们费了很大的劲把他的手指撬开。终于,他被推了进去,笼门锁了。他蹲在角落里,呆呆地盯着地面。

17
巨人的战斗

　　蟒蛇饿极了，也很迷惑。过去的几个小时发生的事情实在是让人难以理解。它本来待在自己的雨林，气味和声音都是熟悉的。而现在，它不知道自己怎么来到了这个陌生的环境。

　　虽然现状很糟，但它知道怎么填饱肚子了。

　　它吐舌头感知着周围温暖的空气，是的，外面估计有什么好东西。气味越来越明显了，它静静地穿过灌木丛，距离目标越来越近了。周围很黑，黑得什么都看不见，不过它捕猎并不需要视觉。现在与猎物的距离够近了，它就能用另外一种能力了。它嘴巴上方的小点能让它感知热量，就像红外线成像仪一样。

　　不远处应该有五个身影，三个个头较大，两个稍微小点。在周围的低温环境映衬下，它们温暖的红色轮廓很清晰了。还有个极其大的轮廓，得躲着点儿。噢，还有个小个子和其他身影相隔开了，它凑近了些。那个小身影耸着肩，专心致志地盯着自己的水果。

　　它感觉到自己的胃里泛起了些消化液，它靠得太近了，感受到的轮廓开始模糊不清，气味和温度都像是跳动的火焰。

　　随着一阵震动，它的另一个感官——听觉也苏醒了，什么东西正向它飞奔过来。那东西气势万钧，它感到脚下的地似乎都摇晃了起来。

这只雄性猩猩身形巨大,背上的毛是银色的。它听到了蛇穿梭的声音。它以前在非洲见过蟒蛇,但没见过这么大的。这条蟒蛇和树一样长,布满鳞片的皮肤下潜藏着巨大的能量。不过不重要,它的任务只是保护自己的家庭。

它知道,如果将它们安置在树上会安全得多,但自从被那些

带着枪的人捉住，进入长时间睡眠状态以后，它就变了。它感觉四周的一切也变了，这片树林里的植物、动物和气味都变得不一样了。没保护好配偶和孩子，它觉得很羞愧，不过现在，它感觉机会到了。

它大吼一声，既是开战的宣言，也是对家人的提醒。紧接着，它转向那只正准备攻击它两岁女儿的大蟒蛇。

它用强有力的手抓住蟒蛇，想把蛇塞进嘴里咬，但蟒蛇在猩猩脖子上环绕了一圈，慢慢勒紧。尾巴则缠上了猩猩的双腿。猩猩一阵挣扎，伸展开健硕的胸膛，摆脱了蟒蛇的缠绕。终于，它抓住机会咬了蟒蛇一口，这一口的力量足以咬断一只美洲豹的脊背了。然后，猩猩将蛇举过头顶，甩了出去。

蟒蛇没飞出去多远，因为它又长又重，不过它脑后的咬伤确实重创了它。它的鳞片起到了一些保护作用，并没有完全受到猩猩那一口的伤害，但它还是十分不悦，这并不在它的计划之中。它的雨林里从没出现过这种黑乎乎毛茸茸的生物，这不是它所享受的争斗。它慢慢爬走了，身后那只得胜的黑猩猩一家团聚了。

它应该很快能找到些更容易捕食的猎物。

18
深夜来访者

亚马逊坐在笼内坚硬的石板上。她妈妈紧紧拥着她,用力得都有点儿让她喘不过气了。亚马逊一想到卡格斯说的话就惊恐不已——过了今晚,他们就会被卡格斯杀掉。不过现在,她还能感受到爱和温暖。至少,最后一晚他们还在一起。他们决定先聊个痛快。

凌梅先讲了他们夫妻俩发现的卡格斯的大阴谋,讲了他们飞越亚洲,到了加拿大,遭遇了飞机爆炸。那次空难是卡格斯的卧底在飞机上做了手脚。罗杰提议藏在荒野之中,将计就计让卡格斯以为他们死了。他本想秘密返回追踪组织总部,将一切告诉哈尔,不过卡格斯的手下还是抓到了他们,经过一系列折磨的长途跋涉,他们被送到了这里。

"我认为他的计划就是把我们一网打尽——罗杰、哈尔、我、你和弗雷泽,然后把我们都杀掉。这就是他长期以来病态的复仇,因为他当年一直对付不了哈尔和罗杰俩兄弟。"

亚马逊快控制不住情绪了,"但他现在赢了,"她哭道,"我们被困在这里无路可逃,除了哈尔伯伯,我们都会——"

"别说出来。"弗雷泽打断她。

亚马逊抬头看着他,她觉得哥哥只是在强装镇定,不过很快,她顺着他的目光看到她的爸爸好像在忙碌着什么。她环视一周昏暗的地窖，想弄清楚他究竟在做什么。他似乎在锯笼子上的铁栏杆，但在亚马逊眼里，他像是在用空气锯。爸爸疯了吗？忽然，她闻到潮湿的地窖传来一阵微弱的气味。

像是薄荷味。

"爸爸，你在做什么？"她小声问道，好奇心暂时取代了她的恐惧。

罗杰抬起头，额头上布满了细汗。

"我好不容易说服卡格斯的手下给我们留下了点儿文明社会的产物，就是这些了。"

罗杰举起几根牙线和一管牙膏。

"我记得在哪里读到过，一个意大利黑手党用牙线割开了监狱的栏杆。可以试试看。"

"这真的有用吗？"亚马逊用力贴紧自己笼子的栏杆，想看清楚些，"用牙线……"

她看到，那根细细的白色牙线居然真的有用，已经割到了铁栏杆一小半粗的地方。

"它可比你想象的结实多了。牙膏可以润滑它，所以线不容易被磨损。"

"罗杰叔叔，你可真是个天才。"弗雷泽赞叹道。

"那倒不至于，"罗杰道，"只是我绝不会让那疯子伤害我的家人。再过几分钟，我就能把这根栏杆踹断了，然后……"

他突然住了口，因为地窖另一端的墙那边突然传来一阵刮擦声。众人惊愕地看到，地上一道活板门开了，一个脑袋钻了出来。

亚马逊的心都提到了嗓子眼儿，她以为是守卫来检查了。显然，她爸爸也是这么认为，他极力掩盖着他的道具，不过牙线卡在了栏杆里，还没来得及取出来，上面还残留着牙膏沫。守卫一定会发现的。

地窖里微弱的光线投射在那个人脸上，亚马逊看清了，她欣喜若狂，是那个之前在王公宫殿里帮过她的哑奴！

"没事了，没事了，"她大口喘着气，"我认识他。"

"我也是，"她爸爸道，"梅赫梅特，你好啊，我的老朋友。好久没见了。"

哑奴梅赫梅特向着罗杰鞠了一躬，勉强发出了些难懂的音。

罗杰奇怪地看着他："梅赫梅特，你这是怎么了？"

"爸爸，他失声了，"亚马逊道，"八成是那个卑鄙的王公干的。"

罗杰试着用不流利的印地语和他交谈，不过梅赫梅特已经在用一大串钥匙挨个打开笼门了。

接着，梅赫梅特焦急地打着手势，示意他们跟着他。

"那我呢？"角落的阴影里传来一个声音。是钟。他们全然把他给忘了。

"让他在那里自生自灭吧。"弗雷泽说，"在波利尼西亚时他还想杀我们呢。"

"不是这样的！"钟尖叫道，"我只是个商人，我不会杀不值钱的人。"

"我们没多少时间了，"罗杰说，"放了他吧，梅赫梅特。让他跟着我们，等我们出去了，再思考怎么处置他。"

梅赫梅特打开了钟的笼子，带着众人来到了活板门下。

"梅赫梅特在这里多年了，"罗杰说，"我想，他一定知道很多这地方的秘密。"

走过一片破碎的木质台阶，他们来到了一条走廊上。梅赫梅特拿了一个亮光微弱的电筒，众人在后面跟着他。所幸走廊很短，因为天花板太矮，连亚马逊都要低着头，免得碰到什么奇怪的虫子之类。不到五分钟后，他们已经到达了猎场后边一个装饰精美的花园里。

已经是深夜了，但欢宴仍然未停——德国的饮酒歌声、大笑声、酒杯碰撞声不绝于耳。

梅赫梅特伸出一根手指放在嘴上——不过不需要提醒，所有人都知道此刻应保持绝对安静。大家跟着他，俯身跑过一片开阔地，到了灌木丛中。梅赫梅特拿出几张纸塞到弗雷泽手里，亚马逊看到，那是几页笔记，还有一张地图。

梅赫梅特打开一个金属手电，罗杰开始读那笔记上的字。

我的老朋友罗杰和罗杰夫人，以及孩子们，按照这张地图，到寺庙里去。在庙里，你们会找到安全的避难之处，以躲避野兽的侵袭。你们可能要待在那里很长一段时间了。要么，就跟随地图的方向到河边去，也许可以穿过河逃跑，不过河里有许多鳄鱼。千万别翻墙——那些古老的石头上面都安装了高压电，还有很多摄像头。我可以试着从大门走出去，因为守卫都认识我，也相信我。王公把我的舌头割了，他以为这样我就不会说出他的秘密。不过我学会了读和写。他还会去找哈尔，把他也带到这里。

梅赫梅特指了指他们应该去的方向，又做了个嘘的手势。

"谢谢你，我的朋友。"罗杰说，"如果我们能渡过这关，我一定帮你在追踪组织找个好差事。"

梅赫梅特摸摸自己的头，鞠了一躬，急急地跑了。

"好了。"罗杰道，"我们得尽快到这座寺庙去。地图写着要向北，弗雷泽，你手腕上戴着的是追踪组织那神奇的指南针表吗？"

"我想应该是的。"

"那么请你给大家带路吧！"

19
逃往寺庙

深夜穿越树林既困难又危险。天上的星光太微弱了，只能让他们看到彼此。他们在树之间勉强开辟出一条小路来。月亮偶尔从云层中出来，伴着月光，他们隐约能看到周围的环境有多广大。不过，被树根绊倒，或是被藤蔓缠住是难免的事。弗雷泽和罗杰带路，后面跟着手拉手的凌梅和亚马逊。

钟则在后面跟跟跄跄地跟着，嘴里含混不清地念叨着什么。

弗雷泽太清楚这种长途跋涉的危险性了，尤其是在这样昏暗的环境以及未知的场所下。他之前参加每一个任务时，过夜都必须搭帐篷，生火，所有人都紧挨着彼此。夜晚正是捕猎者觅食的时机，而且他们都知道，再没有哪片树林会比这儿更危险的了。唯一和以前没区别的是，这里还是有许多弗雷泽厌恶的虫子。

"好吧，我决定了，我的余生都将致力于研究出一款除虫喷剂，能被卫星携带着喷射，消灭地球上所有的蚊子。"

说着，他胡乱地在脖子上拍了起来。

"我们不是还有那些吃蚊子的鸟类和其他小动物吗？"黑暗中，凌梅笑着问。

"是啊，我知道，食物链嘛。不过它们为什么总咬我？亚马逊就很少被咬——哎呀！"

"又怎么啦，弗雷泽？"亚马逊问。

"不知道什么植物戳到了我的脸。我真是太讨厌印度了！天啊，我的脸像灼烧似的疼。"

罗杰和凌梅凑了过来。

"别动，"凌梅说，"你应该是闯进了什么蔓生植物里。"

她将袖子向下拉了拉，遮住手掌，然后拨开了几条弗雷泽脸上的藤蔓。

"真疼。"弗雷泽抱怨着。

"没弄到眼睛里去吧？"凌梅焦急地问。

"应该没有，但全在我脸上了。"

凌梅仔细地看了看那叶子。

"应该是刺痒藤属植物，别名又叫烧鼻子。"

"这倒没错，我感觉鼻子和脸像是烧着了一样。"

"严重吗？"亚马逊突然关心地问了一句。她早已习惯了弗雷泽半开玩笑式的抱怨了，不过这次听起来很认真。

"必须要洗脸才行。烧鼻子有刺，会在脸上留下树脂般的汁液，也就是造成灼烧感的原因。如果不洗干净会很难受的……有人带水了吗？"即便没什么希望，她还是问了一句。他们之中没人带瓶装水，周围也都是树，没有小溪的声音。

"我有这个，"一个阴沉的声音传来，"那些傻瓜把钟像个畜生一样扔到笼子里之前竟然没有搜身。"

他摸出一个瓶子，递给凌梅。

"这是什么？"

"灵丹妙药。"

凌梅接过瓶子，打开瓶盖一闻——

"金酒[①]！"

"爱要不要啊，我的女士。我还宁愿自己喝了，总比浪费它洗脸好。不过我们在这逗留越久，就越容易被抓住，然后被卡格斯杀死……或者被野兽生吞！"

凌梅打了个冷战，"聊胜于无吧。好了，弗雷泽，闭上眼睛，不然会很刺眼。"她说着，将金酒倒在了他脸上。

弗雷泽真的很想大叫，这感觉好像凌梅在他脸上点了一把火。他攥紧拳头，才发现自己握着其他人的手——是亚马逊和罗杰叔叔的。

罗杰开口了："你可以的，孩子。你和你爸爸很像。我总觉得他是钨钢和贫化铀做的，坚不可摧。"

弗雷泽没想到，金酒真的起作用了。

"嘿，我好多了。"过了几秒，他说。

"我就知道，"钟说，"不过我宁愿在家一边喝着兑着苏打水的金酒，一边观赏日落。现在我们能走了吗？"

弗雷泽看了看指南针，表盘绿莹莹的。星光下，大伙儿继续前进。

[①] 金酒：又叫杜松子酒，是世界第一大类的烈酒，最早产于荷兰。

20
黑白相间

它选择的藏身之所是一片干涸河床上的枯芦苇丛，不过显然欠考虑了。走进攻击范围的都不是合适的猎物。有一群大象路过，闻到它的气味纷纷被吓退了，不过，即使是小象，对它来说还是太大了。

也有小些的猎物经过——黑鼠，还有一只生气的豪猪。黑鼠太小，它没兴致；豪猪有刺，但肉质美味多汁，可说到底也并不容易吃到嘴里。它记得很久前吃一只豪猪时，那豪猪背对着它，弄了它一脸的刺，难受极了。何况刚才还遭遇了黑猩猩。它只想吃点儿容易吃到嘴的东西，比如鹿、羚羊、瞪羚之类的。

它继续向前滑行，静静地、缓慢地穿过树林。

它嗅到了什么气味，起初这味道很陌生，不过和黑猩猩的气味不同，它还带着点儿熟悉。它想起了熊，以前是吃过熊的，应该还没成年，是头幼崽，或是半大的那种。那样就最好了，它知道前面危机四伏，可自己实在是饿极了。

它跟踪着那像熊的气味，来到了一片较高的草丛里，它从来没见过这种草。它知道，它追踪的动物就在附近。它缓慢地爬着，月亮从云层中出来了，月光透过一片竹林，它看到了一头睡着的熊的轮廓，不过它黑白相间，不像是普通的熊。这奇怪的长相令它觉得有些困惑，它也很难判断这只东西的体形。它好奇地凑近了些。

这只黑白熊确实很大,但到底有多大呢?

有一种方式可以找到答案。这是只成年雌性熊猫,它一边睡一边打呼噜,完全没意识到即将到来的危险。

蟒蛇弓起身子,准备发动攻击。浑身壮硕的肌肉紧绷起来,充满了能量,蓄势待发。

突然,它察觉到地面有响动。是脚步声,很嘈杂的脚步声,声音已经很近了。它吐着芯子,感受到了人类的体温。它盯着月影浮动的树林,看到了几个人。他们很小心谨慎,但它还是用热感受能力发现了他们的位置。有几个大人,它已经得到教训,知道得小心他们了。不过还有几个小的,不像是小孩子,也不像是大人。

它又开始思索那头奇怪的熊。熊一般都有爪子和尖牙,所以它放弃了熊猫,让它继续沉浸在自己的竹子美梦里吧!蟒蛇鬼鬼祟祟地跟上了那几个人,他们正是罗杰、凌梅、亚马逊、弗雷泽,还有一脸不悦的钟。

21
受挫的卡格斯

墨林·卡格斯是个睚眦必报的人,他绝不会放过任何折磨仇敌的好机会。现在,他刚享用完一顿正餐,准备用些"甜点"了。

趁他的猎手合伙人们喝得酩酊大醉时,他来到了地窖门口,冲着守卫点点头。守卫毕恭毕敬鞠了一躬,立刻打开了地窖门。卡格斯缓缓走下台阶,脑子里还在排练着一会儿要说的嘲讽话。然而,他一进到那个黑暗的空间里,里面空无一人,他意识到自己被出卖了。

他走到笼子前。

"好啊,"他自言自语道,"看来我们的客人不想在这过夜了。"

如果这是在卡格斯罪孽的前半生,他也许会怒吼、吐唾沫、砸墙、咒骂,但如今,他学会了控制情绪。这一点使他受益匪浅。他本就诡计多端、残暴无情,于是很快地发家致富。一个十分富有的人,在纨绔子弟和王公大人的帮助下,很早就策划好了这场针对亨特一家的复仇行动。

他不打算第二天一早就杀死他们,那样太便宜他们了。他想先把哈尔抓过来——哈尔是他最憎恨的人,对哈尔的恨意甚至比对在场所有人的恨意加起来都要多。等到他们一家子都凑齐了,游戏才正式开始。

不过现在看起来,他的猎物们都逃跑了。他在地上踱着步,很快就看到了地上的活板门。他蹲下身，掏出小刀，将门板撬开了。他久久地凝视着那幽深黑暗的隧道。

"亨特一家，尽力跑吧，"他用低沉的嗓音道，"我会找到你们，当然，如果你们还没被你们心爱的动物吃掉的话。"

他就让活板门大敞着，然后起身迅速离开了。他对仆人耳语几句，不一会儿，那些百万富翁都聚在了大厅，有的睡眼惺忪，有的则一脸愠色，显然是清梦被扰后余怒未消。

"该死，什么情况？"那个叫大泽的黑帮毒贩子骂道。卡格斯极力忍住想瞪他的冲动，默然俯下身子。

"先生们，"卡格斯宣布道，"我想到了个明天游玩的新项目，不过，我们这里似乎出了个叛徒，所以，猎物都跑出去啦！也不必我多说，人家都清楚如果当地政府发现了我们经营的这片地方会有什么后果。所以，我们必须抓住他们，然后永绝后患，一劳永逸。不过，这样也挺好玩的，不是吗？你们是猎人，明天天一亮，我们就出发去寻找。"

那个美国银行家说："如果他们逃出去怎么办？我们为什么不现在就去追他们？"

大厅里的一些人立即大声表示赞同，而另一些人则一言不发，估计只想回到舒服的床榻上去。有些人可能并不支持猎杀人类的活动，但他们不显露出来，免得被别人认为是懦弱的表现。

"因为没那个必要。"卡格斯说着，望向王公。王公此时穿了一件红丝绸制成的睡袍，上面点缀着金色刺绣，"你是不是有个熟悉这里地形的手下？我们可以派他去找他们，等他找到了，他再发无线电告诉我们位置，我们就能乘着吉普车立刻赶到现场了。

这样总比摸黑乱撞强，那是猎物的行为，而我们是猎犬。"

"我手下最棒的追踪人肯定是梅赫梅特了。"王公答道，"不过他恐怕没法告诉我们任何信息了，因为我早就把他的舌头……噢，我给他做了个小手术，保证他时刻守口如瓶。不过，我好久没见过这个浑蛋了……"

他们派人找了一圈儿，都没发现梅赫梅特。这时，门卫传来消息，说他曾看见梅赫梅特从大门离开，说是"有王公派的重要任务"。卡格斯听完宣布道："看来，我们的叛徒找到了。王公，再派些你手下的精锐去找梅赫梅特吧，我希望能把祸事扼杀在摇篮里。等他被抓回来，我要亲手剥了他的皮。"

王公看起来有些不悦："我的朋友，这恐怕不合理。他是我四十年的老仆人了，怎么也应该我来动手才是。"

"那就随你的意吧，总之，把你最擅长追踪的手下派出去——能说话的那种——先去追亨特一家。我得知道他们现在在哪儿。"

于是王公派了另一个手下进入丛林寻找那可怜的一家人，富翁们都纷纷回去睡了，梦中估计还在想着明日的惊险游戏呢。

22
光和热

"我们到了。"罗杰说,"地图上的寺庙。梅赫梅特说的暂时避难所。"

他们确实需要休息了,虽然已经很久没合眼,长途跋涉也令人疲惫异常,但最重要的原因是,他们一路都在保持高度警惕,以免被野兽袭击。处处草木皆兵,每一根树枝的折断声,远处的动物嚎叫声都能让众人肾上腺素猛增,时刻准备好战斗或者逃命。他们听到过两次嚎叫,第一次,凌梅听出是狮子的叫声,第二次是老虎发出的。然后还有些怪异的狗叫声和不知名动物的叫声,好像受折磨时发出的惨叫似的。

弗雷泽环视一圈,周围的建筑风格有些怪异,在星光的照耀下,他仔细辨认着周围的结构,隐约却有了一种庄严的印象。

"估计这里过去也是个了不起的地方呢。"他评价道。

"你的脸没事了吧?"亚马逊问他。

"嗯,和以前一样丑就是了,不过好在不怎么疼了,钟的灵丹妙药还真管用。"

"好了,钟。"罗杰对着这个动物贩子道,"我们现在暂时脱离险境了,你可以选择自己逃走,自谋出路,要么,和我们共渡难关。"

"爸爸!不行!"亚马逊叫道。她没料到父亲居然会给钟选择的权利。他以前对他们多坏啊,即便刚到这里的时候,他仍然是他们的劲敌，估计和他们待在一起，他自己也觉得难以想象吧。"你们不了解他，他还想杀了弗雷泽和我呢……他这人喜怒无常的……"

"亚马逊，"罗杰耐心地喊着她的名字，将手放在她的肩上，定定地望着她的眼睛，"我很清楚钟先生的为人，这些年来，我们都在追踪他的行动。他这人贪婪且狡诈，为了赚钱不择手段，不过，不管你们怎么看他表现出来的样子，他绝对不傻，而且很清楚如何在战斗中为自己争取到最大利益。如果我们想活着出去，就需要这样的人。记着，这件事也不光关系到我们一家人，卡格斯在这里放了许多珍稀动物。如果我们逃不出去，这些动物也会命丧于此。所以，钟，你说呢？加入我们，还是自生自灭？"

钟迅速扫视了众人一圈，又看了看身后的丛林。亚马逊好像都能听见他大脑运作的声音。他会自己离开吗？这样就能吸引开那些人的注意力了，说不定亨特们还有救；还是，他真的会选择加入他们？

凌梅做了一个令大家都惊讶万分的举动，她迅速走到钟面前，给了他下巴一记重拳。钟跌倒在地，表情看起来更加困惑了。

"这是为了你伤害我女儿打的！"她的嘴唇愤怒地紧紧抿着，"如果你敢伤害我家的其他人，我保证，你这辈子也走不出那个老鼠遍地的菲律宾小渔村了！"

她又用中文对钟说了几个词。

"好了，疯女人，我知道你想说什么了。我留下帮你们吧。我为人人，人人为我。"

弗雷泽忍不住笑了："凌梅婶婶，我可千万不能得罪你呀！"

23
避难所

摸索中,他们找到一座能提供保护的建筑,它没有屋顶,不过四面还有墙。墙里墙外都长了树,让这几面石墙看上去更像是自然景物,而不像人为建造的。

"我们在这里点火就不会被发现了,"罗杰提议道,"这样也能抵御野兽,和不怀好意的人。你知道怎么生火吧,弗雷泽?"

"我会啊,有工具就行。我一般是用镁合金取火棒和我的刀……等等,我的刀!那些蠢货居然没搜我的身,因为我是个小孩子。嘿,我的刀还在呢!"

"好,这样就方便多了,"罗杰道,"不过没有取火棒,怎么生火呢?"

"嗯……如果有个打火石的话……"

"这儿没有打火石的,弗雷泽。还有什么其他办法吗?"

弗雷泽全神贯注地思考起来,但他的脑子却一片空白。恍惚间,他觉得自己好像回到了爸爸和叔叔年少时相互比赛的时候,而自己正代表爸爸。他此刻只能想到用两根棍子互相摩擦取火,好像智力未开化的原始人似的。不过,至少他的思路没错。

"还有个法子,就是用一块板子和一根木头生火。不过,我试过很多次,不停地用木棍在木板上摩擦,手都没劲了,木头还没冒烟呢。"

"我也一样，孩子。用这个办法从没成功过。"

听了这话，弗雷泽自信了些。不过后来他回想起来时，觉得叔叔可能在哄骗他，其实罗杰一直以来都是那么生火的。

"好啊，那我们就钻木取火吧。"

罗杰点点头："我同意。我们需要哪些工具呢？"

"一块钻木，一根木棍。软木材放在下面作为'生火板'，硬木用来摩擦。"

"用岩石替代更好——如果是质地柔软的砂岩就更好了，这样可以凿出个凹口来。那么用什么来做绳子呢？"

"绳子？"

"是啊，用来拉木棍。"

"这我倒是没想过。呃，我知道你会用植物纤维编绳子，因为亚马逊和我之前在一片荒岛上用椰子树树干上的纤维做了好些绳子……"

"那你看周围有椰子树吗？"罗杰笑道。

"没有，不过肯定有其他代替品……"

"你婶婶会用各种东西造绳子，不过我喜欢简单粗暴的方式——把你的靴子脱下来。"

"什么？噢！"弗雷泽突然笑了，"是鞋带！我怎么就没想到。"

十分钟后，他们终于在这片废墟找到了一切需要的道具，此时月亮也彻底从云层中露了出来，银色的月光将一切都照亮了。

罗杰找到了一块破碎的雪松木，将它掰开作为生火板，又用弗雷泽的小刀刻出一道凹槽，从树皮外围刨下些木屑，填充进了凹槽里。他又修整了一下取火板边缘。取火用的木棍则是一根较粗的树枝，和弗雷泽的手指一般粗细。罗杰将它弯折，把弗雷泽的鞋带绑在两边，打了两个简易的结。罗杰将生火板套进鞋带里，使得鞋带正好环绕着它。

弗雷泽看着叔叔做这些准备工作，他不由得将叔叔和爸爸做对比。哈尔是个强大的男人，手指粗壮有力，看上去坚不可摧，而且不怕烫——弗雷泽亲眼看过爸爸曾徒手拿起一口在火上烤了十分钟的锅。如果换作自己，是绝对不敢碰它的。罗杰的手指则更加修长，看起来更适合弹钢琴，而不是生火。不过弗雷泽能看得出，罗杰是个充满智慧与韧性的人。

罗杰完成后，将工具交给弗雷泽。

"认真的吗？我来做？"弗雷泽有些受宠若惊。

"当然。你知道怎么做。我看得出来。"

弗雷泽将工具摆正，使木棍对准凹槽。罗杰拿着从墙上掰下来的一块岩石，用力摁在木棍上面。于是弗雷泽拉着线，想让装置旋转起来，不过十分费力。

"摩擦力太大了。"弗雷泽有些泄气。

"孩子，你的耳朵干净吗？"罗杰一如既往温和地笑道。

"什么？我想不是很干净，毕竟很多天没洗过澡了。不过我想这不是重点，我们毕竟还在被那群疯子追杀，性命难保呢……"

"我是说，耳垢。"罗杰大笑起来，"这不是最好的润滑剂吗？好好掏掏耳朵，看看有没有用。"

弗雷泽恍然大悟，一边掏耳朵一边笑了。

他们派钟出去捡些柴火，而钟却只抱了几根木头回来。他回来时正好看到罗杰和弗雷泽笑作一团，弗雷泽还在边笑边掏耳朵。

"这群美国佬真是疯子。"他只能想到这句话来评价了。

奇怪的是,耳垢居然真的起作用了。弗雷泽将耳垢涂在木轴上后,它成功地转了起来,不到三十秒,已经顺利飘出了烟,紧接着,灰烬里飘出一粒滚烫的尘埃,罗杰手疾眼快,将它塞回了木屑之中,仿佛在悉心给它注入生命似的。

那粒火星进入了木屑,罗杰又吹了几口气,烟变得更浓了。弗雷泽又加了几根小树枝进去,很快,火焰就燃起来了,在黑暗中显得尤为鲜明。

他们将钟带来的柴火围着火焰摆了一圈。终于,火生好了。

只是没什么吃的,周围又黑又危险,没办法去觅食。钟将酒瓶子递了过来。

"别这么看着我啊,疯女人。"他望着火焰照耀下的凌梅那防备的表情,"我是看到附近有条小溪。酒已经没了,我打了点儿水,虽然不顶饿,但聊胜于无吧。"

瓶子里的水够每个人喝上一两口。虽然很浑浊,但对弗雷泽来说还是很好喝。他都没意识到自己居然这么渴。

24
午夜点心

它并不习惯长途跋涉,不过,它总算跟上了那伙人。它远远就闻到他们的气息了,还有烟火的味道,它可不喜欢烟,但它太饿了,饥饿驱使着它前进。此时它距离寺庙群还有二十米左右,突然,它察觉到还有什么东西在附近。起初,它是感受到了地面的微微震动,好像是什么人在鬼鬼祟祟地接近神庙群。然后,它闻到了一种新的气息,还是人类,不过是没有被烟雾污染的新鲜气息。

它向着那人移动,它肚子上的鳞片在干燥的土壤上摩擦着,帮助它更好地前进。

在月光下,它看见了那个人。

那人像它一样趴在地上,手上还拿着什么东西。当然,它不认识。那是一部手机,键盘还发出微弱的绿光。他全神贯注地在键盘上操作着,全然没注意到周围发生了什么。太好了,真是完美的猎物。

它突然发动了攻击,冲着那人的上身咬了一口。那人瞬间被强烈的恐惧和刺激吓得几乎休克。他张开嘴想呼救,不过只喊出了一个音,就被蟒蛇死死地缠住了。

它总算得以饱餐一顿了。

25
未雨绸缪

"怎么回事儿?"

弗雷泽猛地坐起来。他们本来都在温暖的火堆旁渐渐睡去了,亚马逊坐在父母中间,依偎着他们,她觉得这样比盖着任何毯子都舒服。

罗杰也立刻站起身来:

"我觉得是人类的声音。弗雷泽,把你的刀给我。"

弗雷泽递过去。

"谢了。你们在这等着。"

"爸爸,小心点儿。"

"我也去吧。"钟突然开口,众人都觉得不可思议,"反正听着你们一家子打呼噜也睡不着,像在动物园里似的。"

罗杰看着他,点点头表示同意。

他们走到废墟破碎的墙外,弗雷泽本能地也站起身来想跟上他们,凌梅伸出手搭在弗雷泽肩上,摇了摇头。

"他们会处理好的,"她说,"你就待在这儿,不然谁来照顾我和亚马逊呢?"

很快,罗杰和钟就回来了。

"爸爸,怎么回事儿?"亚马逊问,她看到他们带了些东西回来。

"什么也没有,"罗杰说,"我的意思是,没发现有人在,不过我们找到了这些。"他拿出一个坏了的手机和一把枪。

"手机还能用吗?"凌梅充满期待地问。

"不能了。不过枪还能用。说不定这把枪能决定我们的生死。"

"估计是个来侦察的探子。"钟分析道。

"所以他去哪儿了?"弗雷泽问。

"被吃了。这附近吃人的东西不少,说不定一会儿也来把你吃了。我们得赶紧走。"

"你有计划吗?"弗雷泽问。

"也就是说,"罗杰道,"他们知道我们逃走了。我还以为我们能安全撑到早晨呢。不知道卡格斯派了多少人来找我们。"

他打开那张梅赫梅特给他们的简易地图,大伙儿都围了过来。

"这个马蹄状的东西就是墙了,这里是那条大河,而我们待的这片寺庙在它们之间。猎场在这里,距离前门有一半的路程。我想,我们有两种选择,第一个选择是藏起来,等哈尔来找我们,因为梅赫梅特还能出入,这是我们最后的机会了。不过卡格斯的手下也在找我们,我不确定那些探子是不是已经怀疑他了。我知道哈尔肯定会出现,只是,不知道我们能不能活到那时候。"

"不只是卡格斯的人,"钟说,"我有种不祥的预感,别忘了那些富翁,他们估计会很享受这场猎杀游戏。"

大家都盯着他,神情充满了焦虑与惊慌。

"你是说真的吗?"弗雷泽说。

钟耸耸肩,说:"我从不拿生死开玩笑。"

"好,"亚马逊说,"我们该做最坏打算。还有第二个选择啊——那条河。"

"估计这是我们最好的选择了。"罗杰说,"我们本来可以试试翻墙的,但梅赫梅特说过绝对不行。而且大门口也加紧了守卫,防止我们逃出去。只有河流这条选择了,我们昨晚行进了七千米,如果地图比例尺正确的话,目前距离河流还有十五千米。不管路有多难走,我们必须三小时内到达。"

弗雷泽一脸想吐的表情。

"我,呃,我不怕鳄鱼,"他说,"只要是动物我都不怎么怕,但我一想到过河时可能会有什么东西把我拽到幽深的水底,等我淹死后把我撕碎,我就觉得很不舒服。"

罗杰拍了拍弗雷泽的肩膀,"相信我,我不会让鳄鱼伤害我侄子的。我和新几内亚的咸水鳄打过交道,那种鳄鱼能把这种普通沼泽鳄吞下去当早点。咸水鳄也能一口吃掉一个男孩。不过这种普通鳄鱼通常不吃人,如果河里是沼泽鳄的话,我们还有机会逃生。沼泽鳄凶残,但不怎么聪明,如果我们能找到什么大型动物的腐肉,比如水牛的话,我们就先把腐肉投到河里,把鳄鱼引开,然后我们快速渡河。"

"哈哈!"钟仔细听完,笑出了声。亨特一家都盯着他,以为他要发表什么高见。弗雷泽觉得,他只是对他们的计划心存疑虑罢了。但他最后什么也没说。

确定了钟没什么要补充的,罗杰继续道:"好的,我们动身吧!路上说不定能找到点儿吃的当早饭。"

26
废墟中的早餐

凌晨的微光洒遍树林,亨特一家和钟又开始了新阶段的逃命之旅。

亚马逊环顾四周,昨晚摸黑赶路,自然无法欣赏景色,而现在她几乎要被迷住了。他们所在的这片树林大概只有在电影里才能见到:高大而茂盛的常绿树木直耸云霄,中间还穿插着矮些的小树;还有结了数不清的黄色、红色和橙色的果实的香蕉树和杧果树;从树枝垂下来的藤蔓宛如长长的发辫,翠绿的长尾鹦鹉在林间飞速穿梭着。她还在地上看到了一根鹦鹉的羽毛,颜色和彩虹一样绚烂。

景色实在美不胜收,然而,他们却被自然景物以外的东西吸引了注意力。

这里四处都是古老宏伟建筑的遗迹,静静地倒在树木之间。亚马逊看到一座像金字塔的建筑,不过也是一堆碎石了。那四周有墙壁,过去应该也是壮丽的寺庙,还有孤零零立着的石柱和拱门,可是天花板却早已散落在地上了。亚马逊在一面石墙上看到了数不清的壁画,但是具体的图案却看不真切。她感觉有些不安,因为那些画看起来像是什么邪恶的图腾。

"很酷吧?"弗雷泽说,"我好想知道这里到底发生了什么。这么壮丽的地方怎么会变为废墟呢?"

他在和亚马逊说话，不过钟过来抢话道："战争呗。大国的国王总喜欢为了女人或者土地开战，这再稀松平常不过了。战争一旦爆发，瘟疫和饥荒就会接踵而至，一座城市就此覆灭了。所以，我讨厌战争，只爱赚钱。"

很快，他们走过了废墟，将一段段古老历史留在了身后。亚马逊知道，丛林里还有许多动物，虽然不像夜晚听得那么清楚，但她还是能听见各种各样的嚎叫声，有时很远，有时又近得可怕。

如果换个场景，她应该很喜欢这种冒险，不过现在，她时刻忧心着还有一群穷凶极恶之徒在追杀他们。

多了把枪让众人都觉得宽慰了一些。这是一把柯尔特45式手枪，凌梅不想拿着它。她的理由是"我是永远用不上枪的"。当然，也没人信任钟，不敢把枪给他保管。弗雷泽倒是想拿，但他枪法太差，他有自知之明。亚马逊用镇静枪时射得很准，不过她从没用过真枪。只剩下罗杰了。他将保险栓拉上，把弹匣退了出来。

"还有五发子弹。"他说着，把手枪放在了裤子口袋里。

"如果需要的话，我会开枪。"他补了一句。亚马逊知道他是认真的。不过，只有五发子弹……

弗雷泽走到队伍最前面，一方面想离钟远点儿，一方面则是他戴着指南针手表，需要去带路。

"我们还是在向北走，对吗，罗杰叔叔？"他一边看着罗盘一边问道。

"对，是北边，我们没必要那么精确，只要不走回头路，一定能到河边。"

口渴是最大的问题——走过这片森林比亚马逊之前在俄罗斯和加拿大的探险都要缺水。所以当众人终于找到一条小溪时，都松了一口气。他们跪在地上俯身饮水，这可比昨晚喝进去的泥水清凉干净得多。

　　"可惜没法给水消毒，"凌梅说，"不过总比渴死好。"

　　"哈哈，"钟冷笑道，"真有意思。在渴死之前，可能会先被枪打死。毕竟子弹的速度约是一千英里[①]每小时。"

　　"闭上你的嘴，钟。"罗杰怒道，"不然第一个丧命的就是你了。"

　　"十分乐意。不过，你还是先操心操心自家人吧。"他反唇相讥。

　　罗杰加快了步伐，不过他们还是得赶紧找吃的。凌梅是个植物学专家，总算是给大家找到了些能吃的浆果。亚马逊和弗雷泽狼吞虎咽地吃下去，还是觉得很饿。

　　很快，他们就中奖了。在一群叶猴的带领下，他们找到了一棵大杧果树。亚马逊和弗雷泽爬上树，把杧果摘下来扔到地上。

　　透过层层树杈，亚马逊听到了她妈妈正惊奇地感叹着：

　　"嘿，看起来我女儿的恐高症治好了，像个猴子似的。"

　　亚马逊往她身上扔了个杧果："到了追踪组织怎么能还有恐高症呢？"

　　"恐怕是有更多比恐高症还可怕的东西吧？"钟揶揄道。他急急地剥开杧果大嚼起来，好像几天没吃东西了似的。

---

① 1英里约为1.6093千米。

27
猫科动物之怒

早晨的温度逐渐升高,于是成堆的蚊子出现了。它们在弗雷泽身上饱餐一顿后又纷纷飞走了。

"我们走了多远啦?"亚马逊问道。

弗雷泽摁下了手表上的按钮,"只走了八千米。"

"还不够远。"凌梅说,"我们得抓紧了。"

亚马逊注意到,她爸爸开始频频停下脚步,观察身后。

"爸爸,怎么了?"

"我总觉得有什么在跟着我们。"罗杰答道。

"你是说那些追杀我们的人已经知道我们的行踪了?"弗雷泽说。

"不,不是人类,感觉像是美洲豹或者老虎。我能感受到它躲在丛林的某处,谨慎地等待时机……"

他们继续走着,每个人都感到了潜在的威胁。不过,东方的阳光还是令他们振作了些。毕竟这是白天,能降低遇到午夜捕猎者——狮子和老虎的概率。光线充足的情况下,他们也能行进得快一点。队伍显然加快了速度,时不时还小跑一阵,累了就恢复步行,走一会儿又开始小跑。

树林逐渐变得稀疏了,弗雷泽无意间一瞥,看到了两团灌木中间有个明暗相间的身影。他不由得边走边回头。

"罗杰叔叔，"他压低声音急切道，"我们身后有只老虎。"

众人停下了脚步，罗杰回过头查看。

有人问："老虎在哪儿？"

罗杰大致指了指，不过老虎已经不在那里了。

"好了，继续走吧，老虎一般不会暴露自己。等我们离开树林就安全了。"

他们向着前方的开阔地跑了起来，不过那只老虎也暗暗地跟着他们。罗杰在队伍的最后面——毕竟他个头最大，可能是老虎最理想的猎物。

他们快跑出去时，亚马逊突然听见爸爸惨叫了一声。她急忙回头，生怕他是被老虎袭击了，幸而他只是跌倒扭了脚。众人来到罗杰身边，罗杰尽力掩饰着痛苦。

凌梅摸了摸他的脚踝。

"伤得不轻。"她担心地问，"你还能走路吗？"

罗杰没来得及回答，一声咆哮就响彻了整片树林。众人抬头，只见一只巨大的孟加拉虎正慢慢接近他们。老虎看起来有些不知所措，它本来是想吃掉那高个子的，可现在却来了一大群人，他们危险吗？

显然，答案是肯定的。罗杰掏出了手枪。

其他人吓得一动不动，除了钟。他大喊大叫道："快开枪！"

谁也不知道下一秒会发生什么。

没人想到，老虎突然迈开四肢朝着他们的右侧狂奔起来。众人扭头想看看发生了什么，原来是早已等在那儿的捕猎者——两只俊美威猛、皮毛油光水滑的母狮，此时它们正向着老虎迎上来。

"妈妈，这是怎么回事？"亚马逊困惑道。

"在印度，狮子和老虎很多年没有在同一片区域生存过了，不过，它们很久前就是死敌，绝不容许自己的领地出现对方的身影。论单打独斗，母狮向来不是老虎的对手，而现在二对一就不好说了。"

三只巨型猫科动物怒吼着厮打成一团，奋力咬着，用爪子撕扯着。

"在它们注意到我们之前，"凌梅赶紧说，"快走！"

她过去扶罗杰站起来，但罗杰的脚似乎一点儿重量都支撑不起来了。他忍住了一声呜咽，跌倒在地。

"你们走，别管我。到河边去。不只狮子和老虎，还有那群猎杀者……在他们发现我们到过寺庙之前，快走。我是走不动了，你们必须快点儿离开。"

亚马逊发出了一声绝望的呼喊：

"爸爸！不要！我才刚和你见面，怎么可能再丢下你呢？"

"是啊，罗杰叔叔。"弗雷泽说，"追踪组织绝不会丢下任何一名战友。"

"孩子们，我们没有别的选择。我还能找个地方躲一躲，他们找我还得费点儿工夫呢。我可以拖延时间。等你们过了河，带着警察过来就行，这样就是我们胜利了。如果我拖着你们，他们会把我们一网打尽。"

狮子和老虎的战斗还处在白热化阶段。老虎狠狠地挥了一下爪子，扇到了一只狮子的脸上。那狮子咆哮着，险些摔倒。另一只狮子上来，试图咬断老虎的喉咙，可老虎的动作太敏捷了，狮子扑了个空。远远地,狮群其他成员正在赶来,老虎生了退意,想掉头跑回林子里去。亚马逊看出,如果狮子打败了老虎,它们就会转而打他们的主意。

这时,一个声音响起。

"你们亨特家的人真是相亲相爱呢,挺有意思,不过我们可不是来玩的。就算我欠你们个人情吧,你们也可以当我是懒得听你们啰唆。好了,走吧。"

说着,钟走到罗杰身边,像消防员那样一把拽起罗杰背在背上,然后脚步轻捷地向着河的方向走了。

大伙儿面面相觑,愣了一会儿,也跟上了他们俩,身后狮虎相争的声音逐渐飘远了。

28
孤独的幼崽

亚马逊和弗雷泽实在不敢相信他们的老对头竟然肯为了他们这么做，也不敢相信他竟然背得动罗杰。罗杰虽然瘦，但很高，大约有八十五公斤重。而钟似乎十分轻松，一双小短腿健步如飞，大家居然要费点儿力气才跟得上他。

"我们可能真的误会他了。"弗雷泽道。

亚马逊却一脸狐疑，"他大概有什么不可告人的目的。你猜不透的。"

每次大家休息的时候，钟就把罗杰放到地上，每到这时，罗杰还是坚持留在原地。

"罗杰，你是不是觉得被背着走很没面子？"凌梅强忍着嘴角的笑意。

"嘿！"钟开口道，"被我钟背着有什么丢脸的？我可是卡利[①]的黑带选手呢！柔道啦，空手道啦，你能想到的武术我基本都会。没点儿本事怎么当老大？行了，走吧。"

他们走着走着，四周的光线愈发强烈了，因为树木越来越稀疏。脚下的土地也越来越干燥，和沙地差不多。他们现在就像是走在开阔些的乡村小路上，四周有些树木，不过更多的是低矮的

---

① 卡利：一种菲律宾武术。

灌木。他们又来到一条小溪边，可以解解渴了。钟跪下来用手接了些水，贪婪地送到嘴里。其他人也和他一样喝了起来。

亚马逊看到了一棵杧果树，果实压弯了树杈，她伸手就能够到。这果子看起来不太熟，不过，就算是青绿色的杧果也比什么都没有强。

"住手！"

凌梅喊了一声，声音高得几乎像尖叫了。亚马逊不知所措地看着她，纳闷自己做错了什么。

"这是海杧果，"凌梅一边说，一边把果子从女儿手上拍掉，"每年印度有成百上千号人死于这种果子。"

钟把掉落的海杧果捡起来。

"是啊，我们叫它谋杀之树。如果你想神不知鬼不觉杀掉某个人，用它就行了——这种毒素很难被检测到。"

"钟，你可真可怕。"弗雷泽道。

钟耸耸肩。大家不再讨论那有毒的果实，继续行进了。

半小时后，走在队伍最前面的凌梅举起手，示意大家停下。

"哈哈，"钟说，"已经有女士走累了。钟背了个大活人还没喊累呢。"

"闭嘴，"凌梅发出嘘声，一边俯下身子，"前面有东西。"

她说话间，亚马逊和弗雷泽也听到了响动——是一阵粗哑而嘈杂的叫声。亚马逊走到凌梅身边，顺着凌梅指的方向看去，只见树木之间有一群秃鹰在盘旋。不知它们在吃什么，看起来没剩下多少了。

"暂时安全，"凌梅说，"可能是狮子杀了什么动物。那堆腐肉应该足够用来吸引河里的鳄鱼了。"

钟和罗杰留在原地，其他三人慢慢接近那群秃鹰。亚马逊注意到，它们至少有三种——有棕色的，有灰色的，有黑色的。不过都是秃脑袋、细脖子、羽毛凌乱，和其他秃鹰一样丑陋。

"我要吐了，"她自言自语道，"秃鹰真让人反感。"

凌梅指着其中一只黑羽毛上带点白色的说道："那是白背秃鹰，三十年前，它们是最常见的一种鸟了。不过现在，它们被印度人视为害虫。它们的身影本来遍布城市和乡村，到处都是，而如今百分之九十九都消失了，这个种类的秃鹰几近灭绝。其他那几只也一样：印度秃鹰——就是看起来帅一点儿的灰背的家伙；还有那只粉脸红嘴的——那是红头秃鹰。"

"怎么会这样？有人猎杀它们吗？"

"不，是因为牛每天干活儿都很辛苦，所以人类给它们吃止痛药，让它们不知疲倦地干活儿。不过这种药对秃鹰来说是致命的，即便剂量只有残存在牛肉里的那一点点。你知道，印度教徒不吃牛肉，所以牛死后，尸体就随意堆在农田里或树林间。秃鹰吃了牛肉，就会被毒死。"

"那太糟了。"亚马逊没想到自己会可怜秃鹰，"这药应该被禁才对。"

"现在是被禁了，不过之前吃下去的还没彻底消失。好在这两年秃鹰的数量慢慢多起来了。"

他们靠近了些，秃鹰陆续张开翅膀飞走了。的确，也没剩下多少能吃的肉了。只有一点儿红棕相间的皮毛，几根啃干净了的骨头。亚马逊本以为那是只鹿或者瞪羚，不过看起来不太像。

"这应该是豺……"凌梅端详着那遗骸说。

"什么能把豺杀了?"弗雷泽问,"好像狮子和老虎都怕它们三分吧?"

"人类可以。"凌梅俯下身捡起一枚弹壳,"估计那帮富翁昨天出来打猎了,可能杀了豺的一家。周围还有狮子的脚印,我猜可能有狮群经过清理了现场。这附近应该有个豺窝。"

她指着地上一个低矮的土丘,土丘上面有个洞,正好能让一只幼崽经过。就在这时,一个小脑袋探了出来。

"咦,那是只小豺吗?"亚马逊好奇。

与此同时,大伙儿都倒吸了一口冷气。豺的一家可能有八到十只,估计还包括几只较大的幼崽,都被骗出洞穴杀害了。不知怎么,这只小的逃过一劫。那天它一定吓坏了,现在估计是又渴又饿。

亚马逊觉得它像只小狐狸——有长长的、窄窄的脸,机灵的眼睛。它缩回去好几次,又好奇地向外望了几次,最后它终于蹦跳着出来了。它绕过弗雷泽伸出的双手,直奔亚马逊。

"这画面太经典了。"弗雷泽抽抽鼻子,他一直很羡慕亚马逊能讨动物喜欢。不论是大的还是小的,野生的还是家养的动物,都喜欢亚马逊。

亚马逊伸出手让那小豺嗅嗅,它微弱地叫了几声,掉头跑向洞穴,又折返回来。亚马逊轻轻地抱起它。

"我们不能丢下这小家伙,"她说,"它的家人都死了,我不能把它扔在这不管。"

凌梅看着亚马逊,她很了解自己的女儿,所以也不试着劝阻她了。

"我知道了,宝贝儿。"她温柔地说,"好吧,弗雷泽,到河边还有多远?"

"如果一开始计算得没错,现在还有四千米。"

他们仨回到了罗杰和钟身边。罗杰看看亚马逊怀里的小豹,又看看凌梅,俩人用眼神无声地交流了一下。他们都清楚,此时并不适合带着这只小动物,但他们什么也没说。

不过钟是闲不住的。"太好了,"他说,"你连早饭都准备好啦。"说完,他背起罗杰,向目的地进发。

29
另一具尸体

亚马逊把小豹放进衣服里,拉上拉链。

"我好饿。"她有气无力道。

"亚马逊,别说。"弗雷泽安慰她道,"我已经极力克制自己去想食物的事了,不过,汉堡、煎蛋、烤鸡什么的老在我眼前飘来飘去。拿水果当饭吃就是这样,可能对身体有益,但是不管吃多少都吃不饱。"

"等我们出去了,想吃什么都行。"钟背上的罗杰接话道,"到时候我带你们去伦敦最好的饭店大吃一顿。你也来吧,钟!"

"你可要说话算数。"钟说。

周围的土地颜色愈发深了,他们此时几乎能看到河边的绿草了。

"钟,"凌梅问道,"除了河里的鳄鱼,你知道他们还有什么防卫措施吗?只是这样似乎太容易了……"

"我也不了解。"钟答道,"我也没来过这里。我只负责运送动物。直到那天我把这个男孩和那条蟒蛇带来,一切都结束了。钟本来早就可以金盆洗手了,就是败在了贪财上。我现在想通了,多一个游泳池对我来说也没用。等我逃出去,一定是个脱胎换骨的人。"

自打上次发现了豹的尸体后,他们一直在寻找其他用来引诱鳄鱼的腐肉。总算是又看到了标志性的秃鹰群,这次它们好像正围着一个比豺更大的动物大快朵颐。

"好了,我们快点儿过去吧,免得又出什么岔子。"

他们把秃鹰赶跑,那动物的尸体显现出了全貌。是一头印度白斑鹿——一种大型的、身上长着白色斑点的鹿。和豺的遭遇一样,它也是昨天被射杀的。不过它可比豺大得多。

"太好了,"凌梅说,"我们可以把这可怜的鹿拖到河里了。"

这绝对是弗雷泽干过最不适的差事了。腐肉气味奇臭无比,还有血液不断从中渗出。即便被吃掉了一半,它还是相当重,并且奇形怪状,难以找到着力点。亚马逊还带着小豺,所以也帮不上什么忙。弗雷泽和凌梅把它拖到钟和罗杰旁边,三人合力将它拖出了树林。

他们到岸边前,凌梅让众人停下,等她先去侦察一番。

"我还是不信除了鳄鱼之外再没有别的防备了。"她说着。罗杰想把枪给她,她立刻做了个苦瓜脸,像是弗雷泽刚闻过腐肉的表情一样。

弗雷泽、亚马逊、钟和罗杰在一棵倒下的树木旁边等凌梅回来。此时弗雷泽才注意到一直背着罗杰的钟有多累。早晨的气温还很低,但钟却满身大汗,好像比昨天老了十岁。

"爸爸,我们到了对岸以后会安全吗?"亚马逊问。

"会。"罗杰答道,"不过我们先得找到个镇子,能用手机才行。可我觉得钟可能没法背我那么久了。你们俩去看看能不能找几个粗一些的树杈来做拐杖。别出树林啊,万一河那边有人守株待兔就糟了。"

"嘿!"钟的声音微微颤抖,像个老年人似的,"我还能背。毕竟得还债。"

"咱们已经两清了。"罗杰道。

亚马逊看到罗杰和钟注视着彼此,除了认真与坚定的神情之外,竟然多了一丝轻松。他们相视一笑,点了点头。

凌梅回来了。

"我觉得我们能游过去。"她说,"不过鳄鱼很多,除了沼泽鳄,还有尼罗鳄和河马。"

"老天!"罗杰惊呼,"我讨厌河马。这些家伙比卡格斯还难对付呢。"

30
在河岸边

"爸爸,我们可不可以做个筏子?"亚马逊提议道。她说这话也有为怀里的小豹考虑的成分。如果游泳的话,它浑身就会被打湿了。

"没有绳子或藤蔓的话很难做,也没有能砍木头的刀……"

"说不定能用细树枝做个简易的。"凌梅说,"不知道能不能扎牢,不过可以试一试。"

他们小心翼翼地来到河边,罗杰尽力拄着他的临时拐杖。这条河倒是没吓到亚马逊,毕竟她在远东和加拿大见过的河比这宽得多。这条河是灰棕色的,和旁边泥土的颜色接近。水像是没有目的地似的缓缓流动着。

亚马逊看到河对岸也是类似的干燥土地,还有一片林地。不过没有王公豢养的猛兽了,应该安全得多。

是的,她相信过了河,他们就没事了。

然后她就看到了河里的东西。首先注意到的是河马——一对大鼻孔和乱动的耳朵,还有宽阔的背都浮在水面上。

"它们是非洲体格最大的杀手了,"弗雷泽说,"两口就能吃掉一个人。"

"什么?噢,你说得对。不过,它们一般都是人不犯我,我不犯人。"

接着亚马逊看到了水中那些细长条形状的身影。

是鳄鱼。

有许许多多鳄鱼。甚至还有几条躺在对岸晒太阳。亚马逊能明显看出那是两种鳄鱼,它们都和同类趴在一起。其中一堆每条大约两三米长,脑袋很大,她认出那是沼泽鳄。另一堆的体形和危险性则是前者的两倍,正是尼罗鳄。

"至少没有咸水鳄了,"站在她身边的罗杰道,"和咸水鳄比起来,这些都不值一提。"

罗杰冲着她笑笑,伸出手臂揽着她的肩膀:"我说过不会让我的女儿有事,对不对?"

亚马逊也看着爸爸,尽力挤出一个微笑。

凌梅试着组织木筏制造工程——虽然工程这个词太宏大了。亚马逊看得出妈妈也很沮丧,毕竟除了弗雷泽的小刀外什么工具都没有,也没有能把木头绑在一起的绳子。

"我想模仿猩猩每晚搭建巢穴的样子。"她弯下腰,想把收集来的各种植物拧成一股。她刚刚用小刀把柳树皮割成了长条,不过它太脆了,总是断裂。

"亲爱的,我一点儿也不想催你,"罗杰说,"不过我们毕竟是在被追杀……"

"好了,好了。"凌梅说着。虽然她清楚眼下的境况一点儿也不好。

弗雷泽和亚马逊看着半成品筏子。它更像是一张用各种树叶和树枝编成的小床。

"它也许载不动人,"凌梅道,"不过我们可以抓着它游过去。如果河马来攻击的话,它会先咬筏子,我希望是这样……"

弗雷泽和凌梅把白斑鹿的尸体从不远处拖过来扔进河里,然后用树枝抽了几下水面。鳄鱼们用了一两分钟才搞明白发生了什么事。在水里的鳄鱼急忙向那死鹿游过去，岸上的也纷纷摇摇晃晃成群结队地下了水，摇着尾巴冲向它们的大餐。

凌梅和弗雷泽飞奔回了众人身边。

"抓紧时间，各位。"凌梅说着，望向丈夫，"罗杰，你准备好了吗？"她的声音温柔起来，"你的腿？"

"游泳没问题，等到了对岸再担心。在水里我就是一条鱼。"罗杰说着，又问弗雷泽道："你会游泳吧？"

"当然了，虽然不如亚马逊熟练，但是过河足够了。"

"钟呢？"

"我和海豚差不多。"

"我怎么不记得是这样……"亚马逊想起了昔日在南太平洋岛上的事。

"不重要了。"凌梅的声音既急迫又充满了权威，"现在河面清爽了些，我们快下水。尽量别弄出水花来，我们带着筏子能走多远走多远，水够深时，就抓着它游。我们以对面那棵倒了的树为终点。尽量抱团，如果有人遇到危险，就冲我喊，其他人继续游。"她忽然想起还有一只豹幼崽还在亚马逊衣服里。她知道劝阻女儿抛弃小动物是没用的。

"我必须得承认，我的筏子能搭载你的小狗。"她无奈道。

于是他们带着筏子下了水，水流不快，但很有力。小豹坐在筏子上面，像坐在轿子里的国王似的。

亚马逊和弗雷泽的神经都紧绷着，一面担心被追杀，一面又畏惧河水里潜藏的猛兽。

31
河中悲剧

空气中没有一丝风,热得像熔炉一般,而河水却异常刺骨,亚马逊冷得直抽气。很快,温度已经不是什么大问题了。水流很有力,水迅速没过了他们的大腿、手腕……河床淤积了许多泥沙,每个人都险些滑倒。亚马逊刚刚就一脚踏空,她很怕自己被冲走,幸好爸爸妈妈及时把她拉了起来。她呛得一直咳嗽。很快,水没过了他们的脖子,他们游了起来。

还没游到三分之一,筏子就开始四分五裂了。大家都放开筏子,唯独亚马逊还紧紧抓着上面载有小豺的那块。小豺的腿时不时从缝隙中漏出来掉到水里,它可怜地呜咽着。

"别散开!"凌梅喊道。不过控制方向越来越难了,水流一直将他们往鳄鱼那边送,亚马逊知道,此时它们可能已经吃完了那头鹿,想再寻找新的猎物。想着想着,她感觉更加绝望了。

她已经游出一半。他们可能游不到那棵树附近,不过没关系——只要安全上岸就行,具体位置不重要。

爸爸妈妈分别在她的两边游,不过她看出罗杰的表情很痛苦。

"妈妈,快帮帮爸爸!"她叫道,"他的脚腕……他不能游泳啊!快抓住这块筏子,很有用。"

凌梅看看罗杰,他在强有力的水流中浮沉着。"我马上回来。"她说着,向罗杰游去。几乎在同时,亚马逊听见背后传来一声惨叫。

她回头一看，是弗雷泽在水中挣扎，他扑腾了半天，竟然没有移动分毫。她大声叫她妈妈帮忙，但河水吞没了她的叫声。她比弗雷泽游得好，所以她该去保证他的安全。

她往回游，将筏子放在身前，极力克服水流的阻碍，游到了弗雷泽身边。她游了好久，感觉肌肉都疼了。她祈祷自己不要抽筋，不然就自身难保了。

"你怎么了？"她拽着他的衣服大喊。

"我的脚……"他抽着气。她能看出，他连浮在水面上都十分费力。

"把鞋脱了！"

"不行。鞋带……太紧……"

没别的办法了。

"把刀给我!"

"什么?"

"快!"

弗雷泽把手伸到裤子口袋里掏出了刀。

"你抓着筏子。"她接过折叠刀,将刀刃抽出,深吸了一口气,潜入水底。她抓着弗雷泽的衣服,试图在水下睁开眼睛,但是毫无用处——水中全是泥沙,她什么都看不见。所以她凭感觉摸索到了弗雷泽的鞋子,她试着拽了拽,好像弗雷泽的整只脚都被河床上某种植物的根缠住了。她胡乱割了几下,终于割断了鞋带,把他的鞋脱了下去。

她赶紧浮出水面大口喘着气,希望哥哥已经没事了。

但是情况并没有好转,弗雷泽的表情更加惊恐了。他的脸毫无血色,眼睛瞪得极大,看起来很想惊呼,但是表情却凝固了。亚马逊在水中转了个身,只见河对岸一只巨大的河马向他们游过来。它张着血盆大口,黄黄的牙齿像弯刀似的。

好像没处可逃了,她看见爸爸妈妈已经游出了很远,在心急如焚地望着她的方向。

她看见爸爸掏出了手枪,不知在水下还有没有用。罗杰向着河马前方打了两枪,亚马逊估计他想用枪声把它吓退。

可是丝毫没有用。河马已经冲到了几米远的地方了,还大张着嘴。罗杰赶紧举起枪,这次瞄准在了河马身上。

河马却突然合上了嘴,但没有把他们吞下去,好像吞的是……一根圆木？不，是一条沼泽鳄！河马咬住它的头，将这条三米长的鳄鱼猛地向后甩飞了。

亚马逊刚松一口气，就又绷住了神经。她看到，那条鳄鱼只是鳄鱼群中的一条罢了。白斑鹿的吸引力已经退去，鳄鱼们注意到了这些新来的家伙。

"回去！"亚马逊对弗雷泽喊道，"我们快退回岸边去！"

他们一起掉头向着岸边游去，二人的手都搭在筏子上，虽然这筏子的残骸现在比一只盘子大不了多少。终于，他们的脚触到了河底，水位到了下巴处。亚马逊回头看去，她果然低估了尼罗鳄——这两条的体长都能达到一个成年人身高的三倍！此时，它们正全速向他俩冲过来。他俩可能真的游不到岸边了，估计会被鳄鱼拽到水底，胳膊和腿都被生生扯下来。

紧接着……

"啊啊啊啊！！"

32
出人意料的拯救者

是利奥波德·钟。不知他是从哪儿冒出来的,一下子就横在了鳄鱼前面。他一边大喊一边击水,顺着河流向下漂去,还在无措地扑腾。附近的鳄鱼被吸引了,纷纷甩着长尾巴跟上了他。

亚马逊和弗雷泽终于有了喘息之机,爬上了岸。亚马逊将小豹从筏子上抱起来,它似乎很高兴终于能离开那儿了,赶紧藏到了亚马逊衣服里。

钟还在尽可能地飞速游动,他后面的鳄鱼还是穷追不舍。没人忍心继续看下去了,大家都知道接下来会发生什么。亚马逊不由得闭上了双眼,只听钟的喊声和拍水声渐渐消失在了远处。

"枪声会暴露我们的位置,他们很快会找到这来。快走,找个地方藏起来。记得你们在追踪组织学的求生知识啊!好好活着等我们回来!"

凌梅向着她女儿伸出手,好像能隔着河水够到亚马逊似的。她一脸崩溃地转过身走了。罗杰靠在妻子身上,还是一瘸一拐。

亚马逊居然又要和父母分别了,她不愿相信这个事实。不过她内心却生出了一股强大的力量,这力量使她打定主意,不能让这些恶人毁了她的家。同样,她还要保护这片土地上珍奇动物,所以,她和弗雷泽一定要活着才行。

她想起了钟。

"你觉得他还有救吗?"

弗雷泽摇摇头,但是转念一想,还是决定表现得积极些,他耸耸肩说:"也说不好,他一向都很幸运,他和我们的过节也早就一笔勾销了。其实,他是个勇敢的人。"

"好了。"亚马逊说着,擦去了一滴可能是为了钟而掉的眼泪,"我们得走了。"

弗雷泽点点头。他只剩一只鞋了,不过他什么也没说,跟着亚马逊跑离了河岸,回到了树林这个天然的屏障之中。

"我们没法确定之前那个探子有没有说出我们在寺庙的事,如果他说了,那么他们肯定一早就动身,然后发现我们跑了。也就意味着,他们会从那个方向找过来——"他指了指他们的来路,"我们只要继续走就行了,在安全区域等个几小时,你爸爸妈妈估计已经求得当地政府帮助了。所以,我建议我们就沿着河走,别离开附近的树丛。这片地方很大,除非他们带了猎犬,否则绝对找不到我们。"

话音刚落,他们就听见远处传来了狗叫声。

"真倒霉!"弗雷泽暗暗骂道。

33
一口吞掉

对于那只巨蟒来说,倒霉事儿真是一桩接着一桩。它缠住的那人竟然还没死,这是它在遭遇一队疣猪时发现的。它只能暂时松开他,来与挡路的疣猪周旋。那只成年母疣猪认定蟒蛇对它一家有威胁,于是疯了似的用獠牙猛地向蟒蛇戳去。

终于,疣猪作罢了,蟒蛇想开始进食,它的食物却摇摇晃晃站起身来,趔趄着想跑。它追着他,但有些力不从心。居然一个被勒得半死的人也比巨蟒跑得还快。

它的脖子肿了,鳞片也损伤严重——之前被猩猩攻击过,现在疣猪也给它添了新伤,不过它还是饿极了。突然,它感受到地面微微震动着。它被吸引了,就像苍蝇无法抵御腐肉的诱惑一样。

因为它感受到了人类的存在。他们正围着一个熄灭的火堆讨论着。巨蟒当然不知道,他们就是追杀亨特一家的富翁们。他们找到了那个死里逃生的探子,他已经因痛苦、惊吓和饥渴变成了半疯癫状态,但之前的信息他还是发出去了,这才把他们引到了寺庙。现在,他们已经一路追了过来。

它还听到了狗叫声。

蟒蛇无法感知到这些人的愤怒与沮丧,不过它很清楚地察觉到,有两个人脱离了大部队。

它跟上他们俩。其中一个块头和大猩猩差不多,另一个则矮小些。他们站得很远,在树下撒尿。

这太容易了。它一跃而起,咬住了那个矮小些的人的脑袋,用身子紧紧地缠住他。不到一分钟,他就没气了。

奇怪的是,另一个人却袖手旁观,嘴角还露出了一丝奇异的笑容。直到人死了,蟒蛇几乎把人吞下去时,他才开始呼救。大家都跑了过来,这时,那个男人这才虚伪地踢了几下蛇肚子,其他人也在大呼小叫,猎狗们围着蟒蛇撕咬起来,还有人冲着远处开了几枪。

蟒蛇无法忍受这一切了,它将那人吐了出来,滑落在地的矮个子身上满是黏液。蟒蛇又饿又生气地逃走了。

死者苍白着一张脸,是那个德国人,赫尔·弗拉普。

34
河边竞速

弗雷泽终于体会到，当一个人知道身后有狗在追时，原来能跑得这么快。他低声咒骂着。因为丢了一只靴子，走在又硬又干的地上本就不适，何况还会不时踩到石头、植物根茎和荆棘。不一会儿，他的脚就肿了，还流了血。

"嘿，等一下。"他终于忍不住了，"我得处理一下我的脚。"

亚马逊看了看，开始思索。

"伤得挺重，"她说，"好了，把你左脚的袜子脱下来，穿到右脚上。"

"什么？噢，我明白了，你是说给受伤的脚穿两层袜子？好主意。"

亚马逊也把自己的袜子脱了，把两只袜子都递给弗雷泽："把这双也穿到右脚上吧！"

弗雷泽穿好后，那只伤脚变得奇怪极了。现在他左脚光着穿着一只湿靴子，右脚套了四只袜子。

他站起身感受了一下。

"好些了，"他承认，"如果不是被追杀的话，我觉得这副样子傻到家了。"

上气不接下气、狼狈不堪的两人也忍不住笑了，不过很快他们就闭上了嘴，因为不知从何处又传来了狗叫声。听起来还有一段距离，不过比上次近了。亚马逊怀里的小豺听到猎犬声，吓得呜咽起来。

"你还能走吗?"亚马逊问道。

"来赛跑吧!"弗雷泽冲她笑笑。他们再次动身了。

二人都是身强体健的年轻人,热爱运动且十分擅长跑步。过去几个月的日程更是充满了对体能的挑战,这也说明,二人都处于身体状态的巅峰期。

带着一只小动物跑的亚马逊并不轻松,以什么方式托着它都不舒服,到后来,它滑到了她的袖子里。小豹似乎不以为意,像个玩具似的乖乖挂在那里。亚马逊想,豹应该是经常更换巢穴的,所以幼崽们也习惯被带着跑来跑去。

他们沿着河跑了一小时,足足跑出了五千米。他们想跑出追猎范围,但现在实在太渴了,于是停在河水分支的小溪边喝水。太阳还没升到最高处,却也已经很热了,两边的树影被拉得好长。

如果换一种境况的话,他们绝对会爱上这片地方。猴子们——也就是叶猴和恒河猴——在他们头顶的树杈间跳来跳去;羚羊,还有一种从未见过的鹿向远方奔去;羽毛艳丽的鸟成群飞过河流,好像一道彩虹。

透过树的间隙,他们看到前面就是猎场的围墙了,墙上布满了金属做的电网。明明还有几千米距离,不过那墙的高度和威慑力远远地就令人望而却步。

"我们不会要去翻那东西吧?"亚马逊平复了一下呼吸,问道。

弗雷泽盯着那光滑陡峭的墙面,似乎在思考爬墙的可行性。

他终于摇摇头:"即便我们能爬——实则根本不可能——我们就会立刻被他们抓住。我们不能暴露。还是再试试过河吧。"

他们没走出河边的树林范围，所以不到一分钟，他们就到了河岸边。他们本来还想着河里已经没有什么危险了，然而，事实却恰好相反。棕色的浑浊水面上仍然漂着许多条长长的沼泽鳄和尼罗鳄，即便有幸过了鳄鱼这一关，还得对付对岸淤泥里蛰伏着的河马。

他们转过身观察河的另一侧，树木已经渐渐变得稀疏，取而代之的是大片的平地。除了几丛灌木和几棵孤零零的树，再无藏身之处。再远处就是包围着寺庙群的树林了。

远处扬起一大摊尘土，且慢慢向他们逼近。只有一种解释了。

"是他们来了，是不是？"亚马逊惊慌道，"那些人带着狗……"

弗雷泽坚定地抿着嘴："亚马逊，我们一定得活下去。我要亲眼看到卡格斯和那些坏人进监狱，我希望他们这辈子都在印度的监狱里度过，每个人都变成秃顶的没牙老头儿。"

他又重新规划逃生计划。

"好吧，我们不能过河，不能翻墙，不能穿过平地——因为就算没被人捉到，平原上的狮子也会吃了我们。但是你看，这一列树并没有延伸到墙根前，所以，我认为顺着树走，能重新返回丛林去。我们走吧。"

亚马逊冲着弗雷泽点点头，她觉得有弗雷泽这个哥哥很自豪。他只穿着一只鞋，另一只脚还在流血，但他还在坚持，所以亚马逊也绝不会放弃。

35
困惑的卡格斯

卡格斯的心情很烦躁。他盯着拴狗绳磨损的一端,不发一语。猎犬帮了不少忙,它们追着亨特一家子,从寺庙群一路追到了河边。他望着那棕灰色的河水,里面布满了鳄鱼和河马,绝对没人能从这活着过去。然而猎犬们还是奋力地拉紧了绳子冲在前面,顺着河岸仔细嗅着。

当时,拴狗的绳子啪的一下断了。这完全不在众人的意料之中,是出发前没检查吗?如果是这样,那么负责猎犬的人该付出代价。如果是有人故意破坏了绳子呢?是谁会这么做?又是为了什么?总之,猎狗全跑了。这些人还能继续追一会儿,不过很快就得返回猎场了,谁知道这里的美洲豹、老虎之类的猛兽会不会吃掉他们。

这时,河边传来一声尖叫。卡格斯纳闷地嘟囔着,跑回了岸边。是那个得克萨斯的笨蛋胖子拉尔米,不知怎的掉进了河里。那个高大的非洲人伸着手,想把他拉上来,不过拉尔米费了半天劲也还是游不上来。不远处,三条虎视眈眈的鳄鱼像鱼雷一样冲了过来。

卡格斯在心里飞速地谋算了一下,损失一个客户总比损失两个强。他走向班达,看样子是要去帮他一起拉那得克萨斯人,但他伸出手,将非洲酋长班达那只拽住拉尔米领子的手掰了开来。

"酋长，别管他了。"卡格斯说着，把酋长拉开了。在他们身后，拉尔米的惨叫声只持续了几秒钟，鳄鱼就把他拖到了河底。

"卡格斯，你真是个恶棍！"班达深深地看了卡格斯一眼，脸上的表情风云莫测。

"我们彼此彼此啦。"卡格斯笑着回敬道。

此时，一个印度探子正弯腰研究地面。他用印度语喊了几句，接着指向西边，意思就是，他发现一个朝西的脚印。

"那我们还等什么？"卡格斯对着猎手们喊道，"出发吧。"

36
跟踪

弗雷泽的猜想没错。那列河边的树木的确拐了个弯，直通猎场的中心林地。很显然，这是为动物打造的一条走廊，让它们无须穿过平原，就能直接到河边喝水。

顺着树林回到寺庙其实不算什么好主意，但总比坐以待毙好。兄妹俩觉得浑身又充满了力量，二人又有一种恶作剧般的满足感。那些猎人原以为会在寺庙里找到他们，如今却被神出鬼没的他们牵着鼻子走。

但还有一件事令他们百思不得其解——这片树林实在是安静得可怕。之前即便看不到什么，但也能听见些动物的声响，而这条树木长廊几乎鸦雀无声。有那么两次，亚马逊好像瞥到了什么，是树影深处有什么东西一闪而过，但她定睛看时，却只看到微风吹过树梢，或者是阳光投射在地面上的树影微微晃动。

亚马逊突然注意到小豺的行为，它可能累了，不停地扭动、尖叫，好像是在要什么东西。

"小家伙，渴了吧？"她问道。话一出口，她才意识到自己也已经很渴了。"我们得找点儿水喝。"她对弗雷泽说。

"我可不想再回河边去，"弗雷泽劝妹妹，"不然等于自投罗网。我们到下一条小溪去喝。"

没过多久，他们就找到一小片水源。亚马逊跪坐在地上，用

手接了些水喂给小豹,但是它还是不住地扭动、叫喊,亚马逊几乎抱不住它了。她注意到弗雷泽在盯着什么看,不是看她和小豹,而是看向了丛林深处,一脸忧虑。他掏出口袋里的折叠刀,将最大的一把转出来,虽然也小得可怜。

"怎么了?"她问,"是他们来了?"

"不是他们,是它。"他目不转睛,"一个终极猎手。"

"那只老虎回来了?"

"不是老虎,是只黑豹。个头还不小。单独行动的黑豹——也就是豹子,猎杀能力绝对是数一数二的。"

亚马逊顺着他的目光看到了它。不知怎么，可能因为之前遭遇过老虎，她这次没那么害怕了。不过那一次她爸爸妈妈都在身边，而且爸爸还拿着枪。而现在，只有她和弗雷泽两个孩子。

他们的防身武器还是一把滑稽的折叠弹簧刀。

大黑豹离他们只有十米远了。自打他俩进了树木走廊，就被它盯上了。它知道自己暴露了，所以开始重新考虑捕猎计划。

"抓住我的手。"弗雷泽说，"我们得站在一起，它应该是想把我俩分开。"

亚马逊站在原地，拉住弗雷泽伸过来的手，另一只手还托着扭来扭去的小豺。

"现在，慢慢退后。"

他们向后挪，黑豹也亦步亦趋地跟着，始终保持着恒定的距离。它的耳朵高高耸立着向后翻折，看起来像头上长了两个白点儿；尾巴用力地左右摇晃，亚马逊和弗雷泽都清楚，这是黑豹准备发起攻击的动作。

37
从天而降的帮助

"爬……树……"亚马逊用极小的声音说。她怕大声说话会引起黑豹攻击。

"不行。豹子是爬树高手。"弗雷泽也小声回应道,"只有一个办法,我们不能做出一副猎物的样子,得拿出主人的姿态来。"

"这要怎么做?"

"用最高的声音吼它,命令它。让它明白谁说了算。"

"有用吗?"

弗雷泽看着妹妹,露出他一如既往的乐观笑容。

"试试就知道。一、二……"

但是,还没等弗雷泽数到三,身后就传来了一阵喧闹。有狗叫声,有叽叽喳喳声,有咆哮声,还有一阵怪异的口哨声。几乎在一瞬间,黑豹的姿态也变了,它的耳朵紧紧贴着脑袋,表情就像在做鬼脸似的。它露着牙,但不像是威胁,倒像是在顺从地咧嘴笑。

最重要的是,黑豹居然退后了。

"什么……"弗雷泽不解地向后看去,立刻看到了一副十分骇人的美景:一群豺如潮水一般奔过来。他想数数有几只,但数到十就看花了眼。它们的速度太快了,眼睛实在跟不上。

它们迅速地分成了两队,其中一队去追赶慌了神的黑豹。黑豹可是比任何一只豺都要重两倍不止，但豺无所畏惧，它们团团围住这只黑色的大猫，时不时扑上去撕咬。黑豹试图用强有力的利爪撕扯豺，但快碰到豺时，豺要么向后撤步，要么俯身，要么起跳，总之几乎每次都能敏捷地躲开黑豹的攻击。

这真是惊险刺激、震撼人心的场面。但亚马逊和弗雷泽可无心观景，他们面前还有另一队豺，一共六只。它们是野犬，身长与拉布拉多相仿，面部特征却像狐狸。此刻在两个孩子前面围成了一个半圆，这和对待黑豹的方式天差地远。对黑豹它们敏捷非常，时不时快速发动攻击，而现在，它们却几乎静止不动，只是盯着他们露出森森白牙，吐着舌头。

"那只小豺！"弗雷泽突然明白了这是怎么一回事，"豺群是不会轻易覆灭的，可能那一窝豺是在大部队打猎时被人杀害的。把小豺还给它们吧，我们就能脱身了。"

亚马逊慢慢将小豺放在地上，它一溜烟儿地跑到了豺群中，快乐地喊叫着。它跳起来一个劲儿地舔一只成年豺的脸，亚马逊猜，那可能是它的妈妈。她也如释重负地笑了，看来救了这只小豺是正确的选择。

豺母亲将小豺轻轻叼在嘴里，转身迅速消失在了树林里。

亚马逊和弗雷泽都以为剩下的豺们要么跟着那对母子一起走，要么加入另一队去攻击黑豹——此时黑豹已经退得很远，但他们还能听到那边激烈的争斗声。但这群豺并没有离开的意思，即便小豺回归了，它们还是一脸威胁的表情。它们向前逼近，两个孩子被迫后退了几步。

"弗雷泽，它们这是在做什么？它们已经达成目的了，不是吗?"

"我也不知道——我还从没听说过豺会主动攻击人类呢。可能它们认为我们是杀害那些豺的凶手,又或者……它们只是饿了。"

真是个可怕的猜想。弗雷泽清楚豺对待猎物有多残忍。猫科动物和大型的犬科动物,像狼,杀猎物都是一击毙命,而豺没有这样的咬合力,它们会慢慢地蚕食猎物。

弗雷泽迅速环视了一圈,他看到身后的树丛后面有个建筑,很显然是人造的,但具体是什么他不清楚。他没意识到其实他们已经接近寺庙了,所以他想不出还有其他什么建筑。

"亚马逊,我们身后两百米有个类似寺庙的建筑,如果我们能爬到那墙上去,说不定还有救。准备好了吗?"

亚马逊点点头,还是目不转睛地盯着豺群。

"如果你绊倒了,或者被它们拽倒在地,你得自己救自己了,明白吗?"

亚马逊还是点点头,她知道一旦倒在这些残忍的猎手面前会面临什么后果。

"不过我不会离开你的,别担心。好了,我要倒数几个数?"

"三吧。"

"跑!"

两个孩子如离弦之箭一般冲了出去。恐惧给了他们力量。

几乎在同时,他们听见身后响起了嚎叫声,豺群追了上来。

亚马逊刚跑出了五十几米,就被咬了一口。有只豺正好咬到了她膝盖后面,那锋利的牙齿瞬间穿透了她结实的冲锋裤,好像撕纸一样容易。好在牙没有穿透她的皮肉,只是划过了皮肤。她差一点儿就腿一软摔倒在地,但极端的恐惧令她坚持了下来,继续向那建筑冲去。这一咬似乎增加了她的肾上腺素,她一下子超过了弗雷泽。透过树林,她隐约看到他们的目的地似乎并不是个寺庙。

但她不敢放慢速度。她扭头看去,可怜的弗雷泽右脚上的袜子都成破布了,被迫慢了下来。三只豺已经很接近他,争着咬他的腿。他们可能跑不了了,只能——

亚马逊没看前面的路,只感到被一股巨大的力量砸中了,眼前一黑。

38
避难所

弗雷泽在亚马逊后面看得一清二楚。原来亚马逊是一头撞上了一个带枪的门卫,二人都倒在了地上。那门卫本来抽着烟,戴着耳机听歌,所以一开始没注意到猛冲过来的亚马逊。

门卫身后就是被弗雷泽一开始当作寺庙的建筑,其实它只是一栋低矮的长条形混凝土房子,一扇大铁门虚掩着,这门卫应该是刚从里面出来。

豺们还在围着他们又叫又咬。

弗雷泽拉起亚马逊时停顿了一下,然后以迅雷不及掩耳之势捡起了门卫掉在地上的AK-47[①],门卫一脸震惊地看着他们,又看看豺,眼睛瞪得老大,显然是吓坏了。亚马逊和弗雷泽飞速冲到门前溜了进去,在门卫反应过来前赶紧把门合上了。金属门传来重重的砸门声,然后是那门卫的哀号,最后,他的声音消失在了森林中。

"我们要不要去……"亚马逊有些于心不忍。

"这是事关生死的事,亚马逊。"弗雷泽道,"记住,只有我们俩是好人。"

"这是什么地方?"亚马逊打量着四周。

---

① AK-47:一种自动步枪,全称为卡拉什尼科夫1947年式自动步枪。

他们此时身处一间灰色的工具间，里面堆满了桶、梯子和空盒子。天花板吊着的一只电灯泡发出微光，他们看到，这个房间还有另一扇门。

"我也不知道，"弗雷泽答道，"我们去看看就知道了。"他还拿着那把AK-47。

"你知道怎么用这玩意吗？"亚马逊问。她十分担心未知的危险。

"不知道啊，没关系的，反正我也不打算用它射击任何人。不过如果情况危急，我们可以用它来——'劝说'别人。跟我来。"

他小心地打开第二扇门，透过门缝向外看去。外面是一条走廊，样子冷冰冰的，毫无生气。就像医院里的走廊……或者说，像太平间。

"这里很奇怪，"亚马逊说，"我不喜欢。"

"可我更不喜欢和老虎、野狗和那群杀人狂待在一起，起码在这里我们还有地方躲一躲。这个地方看起来还挺现代的，说不定有什么通信工具，比如手机……"

他们蹑手蹑脚地穿过走廊。两边的荧光灯忽明忽暗，照得两人的脸苍白无比。弗雷泽现在和亚马逊一样，感觉瘆得慌。他们甚至还听到一声长长的嘶吼，不知是人类还是动物发出来的。低沉的声音回荡在走廊内，像是从四面八方传来似的。兄妹俩本能地挨近了些。弗雷泽紧握着枪，手已经放在了扳机上。

"那是什么？"亚马逊像在自言自语。

弗雷泽摇摇头。"你想回去吗？"他迟疑了一下，问道。

亚马逊想了几秒，坚定地说："不。你说得对，回去是死路一条，在这里还能有点儿活着的希望。"

他们又经过了一扇门，来到了一条明亮些的走廊上。墙壁刚刚粉刷过，灯光也不闪烁了。

"我想我们应该是从后门进来的，"弗雷泽分析道，"所以刚才那些地方都破破烂烂的。不管这地方是做什么用的，我们应该快到核心区域了。"

他们走到下一扇门前，这扇门与刚才的都不同，是用不锈钢做的，上面留有一扇小窗户。弗雷泽用手势示意亚马逊弯下腰。

"我不知道这地方是什么，但我猜这扇门后有答案。"

"我想我猜到了，"亚马逊说，"德雷克斯勒提过他要做研究，所以他才会蹚这趟浑水。"

"研究？什么研究？追踪组织什么设备没有，为什么他要瞒着大家呢？你去窗户那儿看一眼，看看里面是什么。"

亚马逊慢慢直起身子，透过那小圆窗向内看。里面十分宽敞，摆着多张木质实验台。角落里放置了一个不锈钢大桶，上面用夹子固定着一个沉重的盖子。另一个角落里是一台和洗衣机差不多大的白色设备，盖子是用透明玻璃做的。实验台上摆着几台笔记本电脑、显微镜，还有一些实验器材。亚马逊大致认出了几个，和之前在学校实验室和电视纪录片上见过的差不多。

实验室有两个穿白大褂的人，一个人背对着亚马逊，另一个人她看得很清楚——是个戴眼镜、留着小胡子的印度人。亚马逊好奇地盯着他，他此时正走向那个角落里的不锈钢桶。他戴上一副实验手套，打开盖子，一股冷气从桶里冒了出来。他用钳子夹出了一支金属管，将它拿到实验台上，拧开盖子，又用钳子从里面取出了一支试管。

就在此时,另一个白大褂转过了身,不知怎的,他往门边看了一眼。亚马逊和他四目相对了,那人一脸震惊地瞪大了眼睛——是德雷克斯勒——他立刻向墙边走去,墙上有一个巨大的红色按钮。

39
实验室

亚马逊没时间向弗雷泽解释了,德雷克斯勒拉响警报前,她只有三秒钟左右的时间去阻止他。她拉开门,一下子将旁边蹲着的弗雷泽撞倒在地。她冲进实验室,拉住了德雷克斯勒伸出的胳膊。

德雷克斯勒的手指差一丁点儿就碰到按钮了。

不过,她并不能真正阻止他,毕竟她只是个十三岁的小女孩,而德雷克斯勒是个成年男子。他轻轻松松就甩掉了她。

另一个科学家也从最初的震惊中缓过了神,向她走过来。德雷克斯勒再次抬起手,想要去按按钮。

"如果不想变成独臂的话最好住手。"

弗雷泽拿着枪,对准了德雷克斯勒的胳膊。

德雷克斯勒方才面无表情的脸突然堆满了虚伪的笑容。

"我的孩子,"他说,"你和我都清楚,就算你打完一梭子子弹,也瞄不准我的手。"

"博士,你说得对。"弗雷泽则一脸真诚地笑道,"打不中胳膊,但可能会打穿你的脑袋。"

德雷克斯勒的假笑消失了,他灰溜溜地把手缩了回去。

"看到你们两个孩子真高兴。"他极力保持着镇静。

"承认吧,德雷克斯勒。"弗雷泽道,"别假装什么事都不知道,你应该觉得我们早就完蛋了吧？"他扭头对亚马逊说："亚马逊，用他们的手机报警。印度报警电话是100。德雷克斯勒，你敢动一下，我就打穿你的腿。当然，你知道我枪法不好，我只能说我可能打中的部位。"

德雷克斯勒还在强装冷静，"用这台手机联系不到外界，"他的声音温和得可怕，"只能联系到猎场小屋里的人。网络也只有那里有。想传递信息是不可能的，毕竟，卡格斯先生是个多疑的人。"

枪声在封闭的实验室里显得尤为震耳欲聋。亚马逊吓得不禁退了两步。还好，子弹穿透了德雷克斯勒身后的墙，没有在房间里弹来弹去。

弗雷泽手中的AK-47枪口冒着烟。

其实没人知道，这声枪响是因为走火。弗雷泽无意间扣动了扳机。不过他很满意这次走火带来的效果。

"你就是个骗子。你的所作所为都是欺骗。你为了你的卑鄙计划背叛了我们所有人。科学家一般都是有趣的人，但你却无聊透顶。我才不信这里的信息是封闭的呢。我告诉你，我不打算把你和你的朋友打死，但我要把这些该死的实验器材全毁了。"

弗雷泽将枪对准一个透明盖子的塑料桶。冷若冰霜的德雷克斯勒迅速有了反应，他痛苦地大叫一声，赶紧挡在了那只桶前面。

"不！"他尖叫着，"你知道自己在做什么吗？！"

"这还差不多，"弗雷泽冷笑道，"大科学家终于有些真情实感了。"

亚马逊有了主意。

"好了，德雷克斯勒，"她也极力用冷静的声音说道，"在我哥哥把这里毁掉之前，你可以告诉我们一切到底怎么回事了吧？"

德雷克斯勒舔了舔干燥的嘴唇。

"我之前和你们讲过一点，就是，关于动物克隆方面的突破。"

弗雷泽突然有些感兴趣了，"你是说，那个复制羊的实验？两只一模一样的羊？"

"对，这是一方面。还有，你们可能也看过那个克隆恐龙的电影吧？"

"是啊！那实在太酷了！"

"不过那是不可能的。想要克隆一种动物，必须有它全部或者大部分的DNA[①]。DNA携带了遗传信息，是创造生物的基础。如果把DNA拆解开、伸直，那么每一个小小的细胞核都包含了将近两米长的DNA链。它十分脆弱，化石在石化的过程中，DNA早已彻底损坏了。不过，如果一个动物被冰冻起来，即便过了几千年……当然，这是另一件事。"

亚马逊和弗雷泽面面相觑，很想弄清楚德雷克斯勒在说什么。她突然想起在远东地区，德雷克斯勒有些奇怪的举动。他提过，他在更北边有什么宏大的使命要完成。她极力搜索着自己的记忆，脑中隐约有了点儿思路，但德雷克斯勒还在继续讲。

"问题就是，细胞被冷冻后，细胞结构会被破坏，细胞核也会破裂。那么再将两米多长的DNA链塞到细胞核中就是不可能完成的任务了，就像把一条网纹蟒塞到你的口袋里一样。"

[①] DNA：一般指脱氧核糖核酸，是生物细胞内含有四种生物大分子之一核酸的一种。

德雷克斯勒发出了几声嘶哑的干笑，笑声回荡在整个实验室。"但我们发现了，脑细胞在冰冻环境下比其他细胞更好存活，因为其中的葡萄糖含量较高，能提供些保护。然而，这条路仍旧艰难。首先，我们必须从该生物剩余的脑细胞中提取细胞核；其次，要准备供体卵，用来移植细胞。每一步都很难做到。最明显的供体物种得是原物种的近亲，而已经灭绝了的物种总是有些方面不同。我们试了许多次，但还是失败了。"

"但我们还是幸运的，因为我们在一个冰冻的标本的卵巢里找到了完好无损的卵子。这枚卵细胞核中的DNA没有保存好，不过我们有另一个标本的脑细胞。所以我们将脑细胞核移植到了同一种动物的去核后的卵细胞内。这是一个惊人的突破，这枚新的卵细胞很快就会经历分裂，最终变成一个胚胎——一个地球上消失了万年的动物。"

德雷克斯勒说着，弗雷泽瞥见，他的助手正慢慢向他们靠近。他的意图很明显了，所以，弗雷泽一注意到他，就立即做好了迎战的准备。

除了年龄有差距外，这其实是一场不公平的打斗。那位科学家虽然是成年人，但成天与试管和本生灯打交道，然而弗雷泽自小就在户外风吹日晒，还是空手道黑带，更不必说手上还拿着一把AK-47了。他照着那人太阳穴打了两拳，那人很快就倒在了地上。

"噢，萨米特，"德雷克斯勒冲着不省人事的那位科学家说，"没必要这样的，我正和这两个孩子介绍我们的成就呢。来，我们继续……"

德雷克斯勒走到实验室的另一扇门口。他一开门，扑面而来的是一股奇异的气味，还有怪叫声。亚马逊和弗雷泽跟着他出去，发现外面还是一条走廊，走廊左右都有门。德雷克斯勒迈着一双细腿走得很快，亚马逊和弗雷泽要小跑才能跟上他。

"你走慢点儿。"弗雷泽叫道，不过德雷克斯勒充耳不闻。只能跟着他了，总不能把他一枪打死吧？

霎时间，一股浓烈得令人窒息的气味袭来，紧接着，响鼻声、呼噜声，还有如同汽车漂移时的刹车声一般的噪声都杂糅在了一起。

德雷克斯勒冲出了走廊尽头的门，弗雷泽紧随其后。那位叫萨米特的人还在实验室昏迷着，所以没能跟来。此刻，他们三人正处在一个洞穴似的空间，空中架着多条横七竖八的步道，正是走廊的延续。他们沿着空中步道走了一小段距离，才看到脚下两米左右的地方有什么东西，大概任何人看了都会震惊到极点。

40
毛茸茸的真相

"猛——犸——象！"亚马逊惊得目瞪口呆，大脑一片空白。

他们正下方，正是十二头长毛猛犸象。其中有一头巨大无比的雄性猛犸象，弯弯的象牙像两柄巨大的镰刀。还有带着小象的母猛犸象，旁边有几头不大不小的，看起来既无聊又烦躁。它们都有着高高的颅顶、小耳朵，和亚马逊在书中插画里看到的一样。它们身上的毛很粗，大多是鲜明的红棕色，也有蜜色的和黑色的。

除了猛犸象，还有一头年长的雌性亚洲象。抬头看见德雷克斯勒站在步道上，它立刻焦躁起来，连着吼了好几声。它转了几圈，抬头伸着象牙，一副愤怒的样子。

"那是老艾莉，"德雷克斯勒古怪地笑了笑，"它是最初的代孕母亲，一晃都过去十五年了。如果不是它的养育，这些猛犸象都不会存在。不过它恨我，这让我很伤心。毕竟，我得拿走它的孩子做研究啊。真不知道如果我落在它手里会是什么后果……"

德雷克斯勒看着弗雷泽和亚马逊，眼中突然闪过一丝乞求，亚马逊从未看过他这副表情，"你们现在知道我做的事了。弗雷泽，你爸爸居然禁止我做这项研究！他的理由是，追踪组织的所有资源应该用于保护现有的物种。显然，他没什么想象力，智力也不太够，理解不了我的研究意义。"

"那么,你想对它们做什么?放归野外?还是把它们卖到动物园去?"弗雷泽还没从震惊中回过神来。

"我的目标就是用这些伟大的史前动物填满西伯利亚草原。当然,研究需要资金支持,所以我需要想办法筹钱。"

亚马逊突然明白了:"卡格斯……他要用高价售卖猎杀猛犸象的资格,对吗?"

德雷克斯勒摸了摸下巴,说:"近期不会。这些猛犸象的价值远高于此。几千万美元都投进去了,所以卡格斯和王公懂得保护它们。不过,等数量增加到一定程度时,雄性猛犸象可能会互相攻击……那么就有可能被……当然，成大事者不拘小节，我们得看最终的成果，所以不必为这种小事忧伤……"

"闭嘴吧，你这个浑蛋！"弗雷泽嫌恶地骂道，"你让猛犸象死而复生，却又要把它们杀死……你可真恶毒。我们不会让你得逞的。我个人宣布……"

亚马逊打断了他，"弗雷泽，还有个人在做什么？那个萨米特……"

"我刚刚给他脑袋重重来了一击……"弗雷泽说着，突然想起那部能接通猎场小屋的电话，他没忘记外面还有一群杀人犯在追他们。

"你拿着，"他把枪递给亚马逊，"你的射击技术比我强。如果他敢跑，你就打他的脚。"

亚马逊不想接，但她没有选择。弗雷泽消失在了通往实验室的门后，他前脚刚走，德雷克斯勒就开口道："亚马逊，你不会开枪的，对吗？这么短的距离，AK-47的子弹能轻松穿过我的身体，打到下面的小动物们。你可不想这样，是不是？"

德雷克斯勒点到即止，然后果断地开始在步道上跑起来。他猜对了：亚马逊从不伤害任何生灵，即便是卑鄙如自己的人。亚马逊犹豫着要不要放空枪，但她又不想吓着猛犸象。

所以，她放他走了。

步道的尽头是几级金属楼梯，德雷克斯勒跌跌撞撞地往下跑。他才到象群中几秒，老艾莉就咆哮着全速向他冲过来。亚马逊以为它能抓住德雷克斯勒，不过他打开了一扇隐藏在猛犸象群后面的小门，跑到户外去了。艾莉扑了个空，一头撞在关闭的门上。

41
包围

亚马逊跑回实验室,看见弗雷泽用墙上拔下来的电话线把萨米特绑在了椅子上。

"真是不费吹灰之力,"弗雷泽笑道,"不过他应该已经打电话通风报信了。德雷克斯勒呢?"

"他跑了,我做不到……"

弗雷泽点了点头,"是啊,换作是我估计也一样。总之,我们现在有更大的麻烦了,快看这个。"

他指着其中一台笔记本电脑,上面能看到建筑外部的监控画面。一共有两处,有一处显示的是后门,也就是他们进来的地方。真是令人恐惧的画面——至少有十二个身着制服的持枪守卫在楼后待命;而另一处则显示的是正门。亚马逊意识到,这一定是德雷克斯勒跑出去的地方。那些猎人已经聚在正门口了,还有王公和卡格斯。

亚马逊注意到,其中缺席了几位猎人。那个叫赫尔·弗拉普的德国人还有得克萨斯的胖子拉尔米没来,这群人不仅减了员,还个个衣着破烂,好像吃了不少苦头一样。

但他们追过来了,而且都有武器,好像要开战一样。每个人身上都背着各式各样的枪——来复枪、手枪、冲锋枪等等。黑帮成员大泽更是夸张,竟然带了一支火箭炮。

"我们的麻烦,你是说这个?"亚马逊问弗雷泽,也是在问自己。

弗雷泽的脸色十分难看。

"也许是,又也许不是。不管怎样,我都能解决掉几个。看好了,亚马逊,我的高光时刻。"

他们盯着监控画面。卡格斯向前走了几步,他拿着个喇叭,开始讲话了。估计监控探头是有话筒的,兄妹俩能听到从笔记本里传来的声音。

"罗杰,我的老朋友,我知道你老婆,还有两个小孩子,你们都在里面。你们干得不错,让我们好好舒展了一下筋骨。今天很完美,大家都觉得值回票价了。我们来个贴面礼,然后和好如初吧?你觉得怎么样?"

声音中断了 小会儿,亚马逊看到卡格斯转头和猎人们开着玩笑。然后,他又转过来面对着建筑正门,笑得脸都歪了。

"你当然不相信我,我们太了解彼此了。对,你活不久了,你那疯婆似的老婆也一样。不过我可以和你谈个条件。王公可以作保,你知道他是个体面人。你们出来,我们就放了两个孩子。他们在这里会很安全。当然我们不保证放他们自由,不过王公肯定会以英国乡绅的待客之礼招待他们的。

"好了,你们还有十分钟时间思考,十分钟过后,我们就冲进来把你们全消灭了,而且是不怎么痛快的那种。十分钟,记着。"

弗雷泽抄起电脑,狠狠地往墙上一扔,差点儿砸到瑟瑟发抖的萨米特。

"他们还以为我爸爸妈妈在呢!"亚马逊说,"这一点很重要。

而且他们可能以为我们有不止一把枪，所以他们不敢贸然闯进来。你说我们是不是能撑到我爸爸妈妈来救我们？"

"我有个更好的主意。"弗雷泽灵光一现，"你，萨米特，告诉我前面那些大门怎么开？敢撒谎的话我就把你丢去喂猛犸象。"

"它们是电动的，用墙上的控制器打开。"

弗雷泽笑了，问亚马逊："你骑过大象吗？"

42
守株待兔的猎人们

猛犸象洞穴前的门缓缓敞开了。

卡格斯千算万算，却没想到这个结局。

这次的打猎称得上是彻头彻尾的灾难，还好两位死者早已交过一笔数目可观的费用，不过他怀疑活下来的猎人们回家后也不会对别人褒扬这次假日活动。对他这个无良商人来说，最重要的就是口碑了。

原计划很完美——猎杀大型珍稀动物，最后画龙点睛，放出猛犸象来。谁能拒绝征服史前动物的成就感呢！不过还不行，那个呆子德雷克斯勒一直说，他们要将象群发展壮大，耐心一点，它们很快就是摇钱树了。

不过现在，这扇门敞开了。他还以为亨特家族不打算做出回应，也就意味着他得带着大伙儿冲进去，一间一间地搜人。又或者这些老蠢货真的让孩子们出来了。笑话！卡格斯怎么可能留任何一个活口呢？

"好了，伙计们。"他仔细打量了一圈剩下的猎人。法国人勒孔特像个孩子，估计能做出用绳子拴住蝴蝶这种事来；黑帮成员大泽，一口金牙，挂着金链子，拿着镀金的火箭筒；小丑似的斯梅西克，每天早晨还盼着有人帮他挤牙膏。不过澳大利亚的媒体巨头麦克林托克看起来倒像个冷血杀手。王公一副紧张的样子，卡格斯想，也许可以趁机除掉王公……在他那儿安插几个自己的手下好了。

噢，还有德雷克斯勒，那真是他见过最无聊的人。他跑出实验室大楼，像个疯子似的念念有词，卡格斯只得把他拉到最后去。他可不想让一个疯子将最关键的一步狩猎计划搅黄。不过，如果不是他的研究，他们也搞不来猛犸象；如果他不背叛追踪组织，他们也不会抓到这么多珍奇动物。好吧，他还暂时有点儿利用价值。

最后，就是那名非洲人了。他不发一语，但眼神就好像随时能把你的脑袋敲碎，像打鸡蛋那么容易。当然他也腐败得厉害，卡格斯喜欢能用钱收买的人。

"准备好，他们很可能反击。"

一阵枪上膛的声音后，他们摩拳擦掌，气势像是能吞掉一支部队似的。

43
重装旅的冲锋

亚马逊对于弗雷泽刚才提出的问题给出了否定答案。现在,她也仍然在怀疑自己以后还会不会再骑大象了。她坐在弗雷泽身后,紧紧地抓着他。而弗雷泽却很轻松的样子,好像正坐在沙发上看电视。

爬上这头大象的背居然出奇的顺利,明显这头叫艾莉的母象被驯化太久了,说不定之前在木材营地干过体力活。弗雷泽轻柔地说了几句话后,它就跪在地上,用一只膝盖给他们俩当梯子。艾莉的温柔之举似乎感染了猛犸象群,即便那儿头暴躁的年轻雄猛犸象也安静了下来。艾莉轻松驮起了二人。即便有几头象长得比艾莉高大,它仍旧是象群的大家长,更是领袖。

猛犸象们纷纷在它身边聚拢。它们的象牙轻轻碰了碰亚马逊和弗雷泽,还都伸出鼻子嗅了嗅二人。一切好像都在梦中,本该是噩梦的——被一群长毛的怪物围在中间——不过它们既温柔又好奇,亚马逊渐渐不怕了。

"真的要这么做吗?"

"是啊,要么死,要么一战成名。我当然选后者。外面的那些家伙得小心了。"

弗雷泽唯一费解的就是,怎么才能让猛犸象听指挥。他只能相信两件事——一件就是它们会跟着艾莉,另一件嘛……他很快

就会发现了。

他驾着艾莉到墙边去，用枪托摁下了墙上控制器的按钮。门吱吱呀呀地缓缓打开了——这扇大门足够一辆大卡车通过。

正如弗雷泽期盼的那样，他看见，或者说感觉到艾莉变得焦躁起来。它抬起头闻了闻，似乎捕捉到了空气中那可恶的德雷克斯勒的味道。它开始快步地前后走动，又走到铁门前，用肩膀推门，好让门快点儿打开。

一束阳光射进来，亚马逊和弗雷泽一时间都看不清外面的景象。没关系，弗雷泽要的就是惊喜。他用腿夹紧艾莉，用尽力气大声喊起来，然后举枪射了一梭子，在封闭的空间内，枪声宛如炸雷响亮。

艾莉即便驮着两个孩子，奔跑速度还是如闪电一样快。它冲出大门，仿佛又变成了一头年轻力壮的大象。

一头满心想报夺子之仇的年轻母象。

弗雷泽的眼睛适应了光线，他向前看去，倒是吃了一惊。他本以为带着一队猛犸象冲出来会让那些恶棍吓破了胆，然后作鸟兽散，没想到他们居然整齐地站成一排，镇定地拿武器瞄准了他们。

弗雷泽转头一看，顿时绝望了。门不知怎的卡住了，一次只能容一头猛犸象通过，因为它们都急着想出来，所以一头也出不来。

现在他们孤立无援，没有支援部队了。估计还没等他们靠近，就要被子弹打成筛子。

弗雷泽咬了咬牙，没有回头路，只能尽力创造奇迹了。

他看到卡格斯站在人群前面，一张狰狞的脸上满是笑意。

他还看到些奇怪的事——那位高大的非洲人（他不记得他的

名字了）突然将手中带着瞄准镜的来福枪扔在地上，转向他身边的英国人斯梅西克，并一把夺过他手上的枪，把它扔得老远。斯梅西克一脸百思不得其解的表情，还没等他反应过来，这个非洲人就轻而易举把他拎起来，用力摔到了灌木丛中。

弗雷泽无法理解，这简直不合常理。

但还没完，这位名叫班达的非洲人又照着大泽的后颈狠狠来了一拳。后者跪倒在地，无意间启动了火箭炮，一发炮弹带着千钧力量直冲向弗雷泽身后卡住的大门。

弗雷泽回过头，只见门被炸开了，猛犸象涌了出来。它们压抑许久的愤怒之情终于爆发了，一齐向老艾莉奔来。弗雷泽再看向猎人，还有他们身边的持枪警卫们，脸上无一不是震骇万分。他们的队伍一下子被冲散了，每个人都忙着逃命。

卡格斯倒是还站在原地，他举起一把机关枪，瞄准了艾莉。不过他还没来得及开枪，阿穆达就控制住了他。他们扭打在一起时，不知谁触动了扳机。弗雷泽看到，非洲人的一件衣服在打斗过程中翻了上去，上面有一道长长的红色血迹。

卡格斯夺回了枪，不过太迟了，猛犸象已经近在咫尺。他赶紧和其他人一样逃命去了。

艾莉对卡格斯不感兴趣，它一直在寻找德雷克斯勒。他正迈着一双长腿没命地狂奔呢。

弗雷泽的心因得胜而狂喜地跳动着，然而好景不长，一队大卡车正向这边驶来。他知道，那是王公私人军队的增援来了。战斗并未结束，相反，才刚刚开始。

44
重聚

　　此时的情况一片混乱。猛犸象跑来跑去，横冲直撞，不知是为了自由而庆祝，还是想在圈禁它们的坏人身上泄愤。枪声响成一片，不过大都是空枪。德雷克斯勒算是找到救星了，一直向着卡车方向跑。艾莉肯定是出来复仇的，它飞速向德雷克斯勒冲过去，亚马逊和弗雷泽紧紧抓着它的背。

　　亚马逊心中五味杂陈，不知该喜悦还是担忧。她坐在弗雷泽身后，没怎么看清楚发生了什么事，只见四处尘土飞扬，噪声震耳欲聋。有尖叫声、大象的叫声、枪声，还有卡车的轰鸣声。

　　卡车停了，排成了一个扇形。德雷克斯勒快要跑到的时候，却面如死灰地停住了。弗雷泽还在思考骑着大象冲到林子里逃跑的可能性，他夹紧腿，想让艾莉掉转方向，不过艾莉一心只想盯着它的仇人。它走到德雷克斯勒面前，附近停着的卡车也纷纷开了门，一群人下了车。有穿着卡其色制服的人，还有些普通市民打扮的人。

　　亚马逊趴在弗雷泽肩膀上偷偷观察，她使劲揉着眼睛，想把脸上的汗和尘土擦干净。

　　居然——

　　一个满是肌肉的硬汉正大步走来，是哈尔伯伯！他身后是爸爸妈妈，还有一脸严肃的布鲁伊。再后面，是米兰达·科弗代尔。

亚马逊心里涌上一股愧疚，她之前竟误以为米兰达是叛徒。

最后跟着的是梅赫梅特。不知他经历了多少艰辛才逃出去，找到了救兵。

穿制服的也不是王公的警卫，而是印度的警察。然而，看着这些狂奔的史前巨兽，他们大部分人都吓得爬回了车上。

亚马逊不怪他们，毕竟十几头发狂的猛犸象不是一般人能对付得了的。

亨特家的大人们也震惊无比，不过看到他们的孩子还在象群里，他们没理由逃跑。

德雷克斯勒率先冲了过去，他一身破破烂烂的，脸上满是惊恐，他伏在哈尔脚边，乞求道："救救我，救救我！"

哈尔抬头，看着冲过来的大象——其实艾莉已经放慢了脚步。不过罗杰站了出来，没去和孩子们说话，而是对着大象，"嘿，老姑娘！"他的声音很清澈，"好久不见了，你还记得我吧？"

艾莉刚刚还是怒气冲天，这会儿却停下了动作，伸出鼻子闻了闻罗杰的脸，然后前腿跪地，让背上的孩子们下来。罗杰摸了摸它的脑袋。

"很久之前我们就是好朋友了，"罗杰对惊讶的众人解释道，"这得追溯到我和哈尔的小时候。那会儿我总和艾莉在一起，它老驮着我，还有一只树懒。我知道它在王公这里，不过以前我从未想过这会变成了猎场，还真以为这是个自然保护区。"

"上车！"哈尔对着谄媚的德雷克斯勒喝道，"别等我让这头大象把你踩成肉饼。"

德雷克斯勒赶紧遵命。印度警察此时也回过神来了，他们纷纷散开，去寻找那些还活着的猎人。

猛犸象也不再到处乱跑了，第一次尝到自由的滋味，它们开始探索周围的环境。

"猛犸象？"凌梅道。亚马逊头一次看到妈妈露出如此困惑的表情，"怎么会这样？"

"说来话长，妈妈。"亚马逊笑道，"还好这次我们终于有机会讲讲这个故事了。不过，你们怎么找到这儿的？"

"多亏了梅赫梅特。"哈尔说，"他报了警，估计费了半天劲儿才比画明白，好在我用通信录找出了他比画不出来的名字，警察可能是两两一对找到的。你爸爸妈妈过河后在林中迷了路，还好罗杰有凌梅陪着，我这弟弟这么多年了也没掌握什么荒野生存技能。如果不是凌梅，他早就被老虎吃了。"

"哥，"罗杰笑了，"如果我没瘸，肯定朝你屁股来一脚。不过，我可以让我女儿替我。"

"她绝对做得出来。"弗雷泽打趣道。人群爆发出一阵笑声。亨特一家人——弗雷泽和亚马逊，哈尔和罗杰还有凌梅围成一圈，紧紧地抱在一起。

亚马逊突然从拥抱中退出来，失落道："钟……他救了我们。"

"噢，"哈尔轻松地说，"那个家伙可不是区区几条鳄鱼和几只河马就能吃掉的。我们在河的下游找到了他，他现在正在医院躺着呢。没几天他就得去坐牢了，不过如果他逃跑的话，我就睁一只眼闭一只眼吧。"

弗雷泽想到了一件重要的事。

"爸爸，还有个非洲人……我们刚跑出来的时候，只有我和亚马逊，骑着一头大象，那些坏人都在外面等着消灭我们。但那个非洲人突然站出来，和那些人打了起来，把他们的武器扔远了……他救了我们的命。不过卡格斯在逃跑前打了他一枪。"

"带我们去找他吧。"哈尔说。罗杰把大伙儿领到他最后一次见到那个非洲人的地方。

班达躺在地上，直直望着天空。弗雷泽还以为他已经死了，但他们靠近时，班达的眼睛眨了一下，转头望向他们，笑了。哈尔一看到他的脸，就喊道："乔罗！"

罗杰愣了一秒，猛拍了一下脑门儿，"是啊！我怎么给忘了！"

哈尔罗杰兄弟俩跑到乔罗旁边，罗杰轻轻托着他的头，哈尔拉着他的手。有人拿来一个医疗箱，凌梅开始为他止血。

"这是什么情况？"亚马逊摸不着头脑。

她爸爸抬头看着她，解释道："多年前，这个人是我们在非洲的向导。他有很多棘手的敌人要对付，也做了不少艰难的选择。我知道他变成了酋长，刚才一时竟没认出他来。"

"但我……"乔罗笑了一下，忍不住咳嗽起来，"我一下就认出你了。我知道卡格斯和他的手下一直从我的国家劫掠动物，所以我决心远离政治，做些更有挑战的事。我来到这里，想把他的罪行揭露出来。我打算先埋伏一阵子，等待时机。"

"乔罗先生，您救了我们的命。"亚马逊感激地说。她看见他的袍子鲜红一片，还黏黏糊糊的。

"等一下，"哈尔说，"我们可以用救护机直接把你送到医院去。"

"别担心，好兄弟。"乔罗说，"我还没打算死呢，看起来，在座不论长幼，都有一堆故事要讲呢。"

大家觉得他说得很有道理，于是开始讲自己此前的遭遇。没过多久，空中传来了螺旋桨声。救护机到了，众人纷纷登机离开了此地。

45
尾声

巨蟒被大地的震动吸引了，它还是很饿，最近的几次捕猎都太不顺利了。

它看见一个男人。那人浑身大汗，闻起来美味极了。他筋疲力尽地大口喘着气，脸上布满了恐惧与憎恨的表情。它迅速朝他滑过去，饥饿使它忘记了谨慎。

卡格斯听见了周围的窸窣声，他没时间乱看，果断地从腰间的枪套中抽出一把手枪。

不过太迟了。巨蟒已经张开了血盆大口，准备一口吞掉他。他成功开了三枪，不过枪声惊动了树林里的其他动物——比如洞穴里的豺、潜伏着的豹子、暴躁的老虎、叽叽喳喳的猴子，还有外面平原上的狮子。

卡格斯从此消失了。